Franz Dobler

EIN SOHN VON ZWEI MÜTTERN

Roman

TROPEN

Papier | Fördert gute Waldnutzung
FSC® C014496

Tropen
www.tropen.de

Cover: Favoritbuero, München unter Verwendung einer Abbildung von
© mauritius images/Phil Degginger/Alamy/Alamy Stock Photos
Gesetzt von C.H.Beck.Media.Solutions, Nördlingen
Gedruckt und gebunden von GGP Media GmbH, Pößneck
ISBN 978-3-608-50422-4
E-Book ISBN 978-3-608-12253-4

Das Flugzeug, das am anderen Ende der Welt in New York landen sollte, hatte ein Problem: Es würde nie dort ankommen. Womit er jedoch kein Problem hatte, weil er schon genug eigene Probleme hatte, unter anderem eines der größten, das die Menschheit kannte – die Mutter. Genauer gesagt, seine Mutter. Die er seit dreißig Jahren nicht mehr gesehen und erst kurz vor der Reise wieder gesprochen hatte und die er in New York treffen würde. Wenn das Flugzeug denn dort ankäme. Dass die anderen Passagiere das Problem des Flugzeugs offensichtlich nicht bemerkten, war auch nicht sein, sondern deren Problem. Dabei hing das Flugzeug seit mehr als einer halben Ewigkeit in der Luft und hatte sich eindeutig in einer unbekannten Zeitzone verirrt.

Man musste doch kein Wissenschaftler sein, um eine Problemzone zu erkennen, kurz bevor man darin unterging.

Mit dem sicheren Gefühl (und dem Wissen, dass der Ausdruck *sicheres Gefühl* ein Unsinn war), dass es seine letzte wäre, zündete er sich eine Zigarette an. Und hatte deswegen sofort ein neues Problem. Einer dieser Typen stand vor ihm, die sogar auf dem Flug zur Hölle ihre Stimme erhoben, um die Einhaltung einer unwichtigen Verordnung einzufordern. Diese Typen waren ein echtes Problem, auf dem Boden wie in der Luft, und er sagte zu diesem Typen, er solle einen Abflug machen, Motherfucker. Die Turbulenzen hatten jedoch zur Folge, dass der Motherfucker nicht gelassen reagierte. Der Motherfucker sah aus, als wollte er einen Faustkampf starten – ehe ihm dämmerte, dass bei Turbulenzen in fliegenden Flugkörpern andere Regeln herrschten und der im Sitz hängende Raucher ihm mit einem Tritt schneller das Knie zertrümmern würde, als er, der Motherfucker, seine Faust auf dessen Nase platzieren könnte, und so keifte er, das werde Folgen haben, und drehte dann mit einem Das-melde-ich-dem-Skymarshall-Gesicht endlich ab. Darauf könne er sich verlassen, rief er ihm hinterher.

Der Wortwechsel hatte die Frau neben ihm am Fenster aus dem Schlaf geholt. Jede Frau wacht auf, wenn ein Mann in ihrer Nähe zu einem anderen Mann Motherfucker sagt, selbst wenn es kein Zeichen übelster Beschimpfung, sondern größter freundschaftlicher Anerkennung ist – was jedoch oft nicht sofort klar erkennbar ist, weswegen höfliche Männer in der Nähe einer Frau die Beschimpfung zu »Mother« abkürzen (bei direkter Rede heißt es dann natürlich, falls ein Mann beschimpft wird, »du mieser Mother« und nicht »miese Mother«, was ebenfalls ein Ausdruck liebevoller Verehrung sein kann). Wegen des Flugzeugproblems hatte er jedoch nicht darauf geachtet, seine Beschimpfung zu einem scheinbar freundlichen Mother zu verkürzen.

Seine Frau war gegen ihren Willen geweckt worden und

wollte wissen, was denn jetzt schon wieder los sei. Sie zeigte mit dem Finger auf seine nicht brennende Zigarette. Warum war er so nervös, warum hatte er vor sich hin geredet, gibt's ein Problem, irgendwas mit Mutter und New York, hatte er gerade Motherfucker gesagt?

Aber nein, sagte er, alles im Griff, schlaf weiter, der Weg ist noch endlos weit.

Viele behaupteten, alles im Griff zu haben – alle wussten, dass niemand die Sache mit der Mutter im Griff hatte. Diese Frau konnte sich niemand aussuchen. Man konnte noch nicht mal entscheiden, ob man eine Mutter *hatte* oder schon bald *keine* mehr, ebenso wenig wie, ob man eine fröhliche Mutter hatte oder eine mörderische, oder womöglich sogar *zwei* Mütter. Er hatte größten Respekt vor der Wissenschaft, doch es war ihm egal, was die Biologie dazu sagte: Er hatte zwei Mütter. Die erste Mutter hatte ihn zur Welt gebracht und die zweite Mutter, seine Mama, hatte ihn adoptiert. Die Erste würde in New York darauf warten, ihn nach dreißig Jahren wiederzusehen, die Zweite war verstorben. Keine einfache Geschichte, deswegen wollte er nie darüber schreiben. Jedenfalls nicht mehr als Notizen, jedenfalls kein Buch. Was für viele und anscheinend immer mehr Autor:innen das höchste der Gefühle war – das eigene Leben bis zum geradezu skandalösen Krümel Gras in Opas Nachtkasten zu erforschen und literarisch aufzubereiten –, langweilte ihn schon beim Gedanken daran. Dummerweise hatte er über die Jahre einen Berg Notizen angesammelt, der mit seiner Adoption zu tun hatte und von dem er eines Tages das dumme

Gefühl hatte, ihn aus dem Weg räumen zu müssen. Als hätte ihn plötzlich in einer Geisterstunde ein Ghostwriter besetzt [*schwaches Wortspiel*]. Ein Berg Notizen, der zu einem Berg Arbeit wurde, die er auch ohne Lust erledigen musste, weil sie jede andere – bessere – Arbeit verhinderte. Und die nun laut Plan durch das Treffen mit der ersten seiner zwei Mütter in New York zu einem Ende kommen sollte. Wenn das Flugzeug also nicht dort ankam, war das deshalb für ihn kein Problem, weil ihm dadurch eine Menge Arbeit erspart blieb.

Vielleicht war es diese Art von Schreibarbeit, die gerne als *ehrliche* Arbeit gesehen wurde, auf jeden Fall war eine Schreibarbeit, auf die man keine Lust hatte, eine Drecksarbeit, und die wurde nicht dadurch angenehmer, dass man sie als ehrliche Arbeit betrachtete.

Manchmal war er stolz darauf, dass es ihm gelungen war, in keiner Heilanstalt zu landen, obwohl er es mit zwei Müttern zu tun hatte. Wo doch seiner Erfahrung nach die meisten oder wenigstens ziemlich viele Menschen schon mit einer Mutter gut bedient waren, vor allem Erwachsene. Wenn Mutter ihren Besuch ankündigte, verdrehten sie genervt die Augen, wenn sie sich aber rarmachte, vermissten sie sie plötzlich. Oder behaupteten, diese miese Bitch hätte ihr Leben lang nur an sich selbst gedacht und sie immer vernachlässigt. Wenn die Mutter verstorben war, wurde sie für die Kinder dann sogar zur ewigen Last, weil sie ihr nicht alles hatten sagen können, was sie ihr noch und schon immer mal hatten sagen wollen. Und dann gab es ja auch noch diese Riesenbabys, die in fortgeschrittenem Alter noch bei ihr wohnten, weil sie sie nicht losließ.

Über der Welt lag ein Netz von Mutterproblemen: Da würde er wohl noch die Frage stellen dürfen (obwohl er nicht zu diesen miesen Mothers gehörte, die diese Formulierung in Verbindung mit politischen Ansichten benutzten, die der Teufel auszulöschen vergessen hatte), warum überhaupt noch Menschen auf diesem Planeten lebten. Die für ihn persönlich viel interessantere Frage war natürlich, wie sein Leben verlaufen wäre, wenn er bei seiner Geburtsmutter aufgewachsen wäre und seine Mama nie kennengelernt hätte. Oder auch die Frage, wie sein Leben verlaufen wäre, wenn er zusammen mit seinen zwei Müttern aufgewachsen wäre, in einem Haushalt! Ein Adoptionsmodell, dem er im Verlauf seiner ausufernden Recherchen nie begegnete. War das verboten oder nur undenkbar?

Seine Mütter hatten sich nie kennengelernt, und während er seiner ersten Mutter viel von seiner zweiten erzählt hatte, hatte er seiner Adoptivmutter nie etwas von seiner Geburtsmutter erzählt, von der diese nicht mehr gewusst hatte, als dass sie damals eine unverheiratete junge Frau gewesen war. Seine beiden Mütter waren sehr verschieden, das zeigte sich in ihrem Flugverhalten noch deutlicher als in ihrem Alter: Die erste Mutter hätte die Tochter der zweiten sein können, und für seine jüngere, erste Mutter war Fliegen eine alltägliche Sache, wogegen seine ältere Mutter kein einziges Mal in ihrem Leben geflogen war. Falls es stimmte, was die beiden ihm erzählt hatten. Woher sollte er das wissen? Und woher sollte er wissen, was sie ihm nicht erzählt hatten? Oder, wie er es dann bei Ruth Klüger las und für sich passend umformulierte: Ich kenne meine Mama so schlecht, ich kenne meine Mutter so schlecht, ich kenne meine Mütter so schlecht, »wie alle Kinder ihre Eltern schlecht kennen«.

»Klingt etwas böse. Als gäbe es keine anderen Kinder.«

»Sie konnte ihre Mutter nicht leiden. Und sie hing an ihr.«

»Aber kann man sich jemals sicher sein, dass man seine Eltern schlecht kennt? Und ist es nur Wunschdenken, wenn man glaubt, sie gut zu kennen?«

»Viele Schafe verlassen die Kirche, doch das vierte Gebot hält ewig.«

»Man kennt sie schlecht und ehrt sie doch.«

»Ich kenne meine beiden Mütter nicht besonders gut, das ist sicher.«

»Sicher ist nur, dass wir landen werden, du Mother.«

Er hatte viele Anfänge für dieses Buch geschrieben, und wenn es irgendwann zu spät wäre, würde er sich fragen, warum er diesen und keinen besseren genommen hatte, auch wenn dieser vielleicht nicht der schlechteste war ... Gibt es eindeutige Merkmale, an denen man bereits auf der ersten Seite ein schlechtes Buch erkennt? Die gibt es, hatte ihm ein Lektor erklärt, als er noch jung und leicht zu beeinflussen gewesen war: Ein schlechtes Buch fängt damit an, dass jemand aufwacht … Wenigstens fing er also nicht damit an, wie er eines Morgens aufwachte und ihm trotz der unmenschlichen Kälte im Zimmer sofort klar wurde, dass er ein Buch über seine zwei Mütter schreiben musste, weil er, wenn er es nicht schrieb, zu einem Monster mutierte, dem nie wieder ein Wort einfiele, mit dem es andere Menschen glücklich machen konnte … Der Anfang, der der Wahrheit entsprach, war jedoch eigentlich genauso unbrauchbar: Er war seit zwanzig Jahren auf der Flucht vor diesem Buch, und letztendlich gab er sich geschlagen, weil er erkannte, dass er vor diesem Buch nicht fliehen, sondern es nur erledigen konnte. Ein obszöner Anfang: Menschen waren auf der Flucht vor durchgedrehten Männern mit Maschinenpistolen, aber nicht vor einem Buch. Selbst wenn sich der Text mit keinem anderen verdrängen ließ und immer wieder zurückkam, wie eine Gestalt aus einem Horrorfilm, die bei peitschendem Sturmregen mit dem Metallhaken ihrer Armprothese ans Fenster schlägt. Doch die Frage, ob das Projekt nicht besser abzuhaken wäre, begleitete ihn, solange er am Haken hing, oder wie man sagt, die Sache hatte eben einen Haken.

»Es war Mitternacht, es regnete«, als Lew Griffin das Krankenhaus betrat, um ein neu- und frühgeborenes »Crack-Baby« zu besuchen; die Mutter war abgehauen und er sollte sie auftreiben. Die Krankenschwester erklärte ihm, dass das im Brutkasten liegende Baby nicht überleben würde … Auf die letzte freie Seite des Romans *Nachtfalter* von James Sallis hatte er in einer Nacht vor einigen Jahren einen weiteren Anfang für dieses Buch geschrieben, die Eintragung dann vergessen, dann zufällig wiederentdeckt, war überrascht gewesen und hatte dann überlegt, ob er im Bett liegend noch in ein Dutzend weiterer Bücher Anfänge oder Notizen gekritzelt hatte und ob ein noch besserer Anfang als dieser hier dabei war: »Ich hatte zwei Mütter, eine seltsame Geschichte, der ich am liebsten aus dem Weg gehe, aber aus einigen Gründen habe ich mich dazu entschlossen, ein Buch darüber zu schreiben – man braucht eben was zu tun, man braucht Geld –, und es wird darauf hinauslaufen, dass ich etwa einhundertzwanzig Seiten um diese Sache herumschreiben werde. Wie man um ein Haus herumgeht, das man nicht betreten möchte. Also falls Sie das lesen, ohne das Buch gekauft zu haben, dann stellen Sie es besser zurück und suchen sich etwas anderes aus.«

Zu seiner Mama war er mit vier Monaten gekommen, und in den darauffolgenden vierzig Jahren hatte er immer nur Mama, nie Mutter zu ihr gesagt. Auf die Idee, sie irgendwann mit ihrem Vornamen anzusprechen, war er nie gekommen, auch weil sie das – da war er sich ganz sicher – verletzt und sie gedacht hätte, sie wäre jetzt nicht mehr seine Mama, vor allem seitdem er wusste, dass er noch eine Mutter hatte. Als er dann mit dreißig endlich seine Geburtsmutter traf, die ihn noch vor seiner Mama gekannt hatte, wenn auch vielleicht nur für eine Stunde, kam er nicht auf die Idee, sie Mutter zu nennen. Sie waren sich einig, dass er sie mit ihrem Vornamen ansprechen sollte. Das Problem, was er tun sollte, wenn eine unbekannte Frau von ihm Mutter genannt werden wollte, weil sie seine Mutter war, stellte sich ihm nie. Mutter nannte er sie nur in der Schriftsprache, hier im Buch, in dem seine Adoptivmutter die Mama war, neben der er sich nie eine zweite Mama hätte vorstellen können. Er hatte zwei Mütter, aber nur eine Mama. Ausgeschlossen war übrigens, jemals zu einer seiner Mütter Mutti zu sagen, in seiner Muttersprache gab es keine Mutti, und nicht mal der Papa sagte Mutti zur Mama, die zu ihm Opa sagte, als ihre Tochter, die viel ältere Schwester des Adoptivsohns, ein Kind bekommen hatte, wie auch der Papa zur Mama jetzt Oma sagte, während er selbst weiterhin Mama und Papa zu ihnen sagte, obwohl seine Schwester sie inzwischen mit Oma und Opa ansprach.

Vor diesem Hintergrund war es wohl berechtigt, die Welt zuerst als Ansammlung von Sprachproblemen zu betrachten.

Sogar in der tiefen bayerischen Provinz fingen in den Siebzigerjahren manche Teenager damit an, ihre Eltern beim Vornamen anzusprechen. Da waren seine Eltern jedoch schon über fünfzig und hatten für derartige Neuerungen nichts übrig; Elvis oder die Beatles hatten sie nie angesprochen, solche Sachen gab es nicht in ihrer Welt. Seinen Adoptivvater nannte er immer Papa (der ihm eher eine gescheuert hätte, als sich vom Sohn wie ein Kumpel mit dem Vornamen ansprechen zu lassen) und hier schriftlich Papa oder Vater. Mit den Vätern war es einfacher, denn er war der Ansicht, dass er keine zwei Väter hatte. Seinen Geburtsvater hatte er nie mit irgendwas angesprochen, weil er ihn nicht kannte, und im Buch würde er nur gelegentlich als Erzeuger vorkommen. Seine Mutter hatte ihm erzählt [*oder besser »gestan-*

den«?], sie könne sich nicht mehr genau an den Namen des Mannes erinnern, der ihn gezeugt hatte, ich glaube Ahmed, hatte sie gesagt, aber sie wisse es nicht mehr genau, oder Ali vielleicht, also ja, es war eben, also damals, ja, es war eben, na ja.

Während des scheinbar end- und garantiert erfolglosen Flugs in Richtung John-F.-Kennedy-Flughafen schleuderten so viele New Yorker Geschichten durch seinen Kopf, als hätte ihn nie etwas anderes beschäftigt. Er war kulturell so stark von diesen Vereinigten Staaten geprägt, man hätte meinen können, es hätte eine geheime Verbindung zwischen ihm und seiner ihm unbekannten Mutter gegeben, schon lange bevor er herausgefunden hatte, dass sie bald nach seiner Geburt mit einem Angehörigen der US-Armee ausgewandert war. In New Orleans, Cajun-Country, Texas, San Francisco, Nashville und Hunter S. Thompsons Geburtsstadt Knoxville war er gewesen, aber nie in New York, das er aus Filmen, Büchern und Musik so gut kannte, dass er den Ort in echt nie hatte aufsuchen wollen. Doch dann hatte sich seine Frau New York zum Geburtstag gewünscht. Und er hatte nach dreißig Jahren wieder mit seiner Mutter telefoniert, und dieses Telefonat hatte sich angefühlt, als hätten sie in dieser langen Zeit oft und freundlich miteinander gesprochen.

Es war jedoch nicht diese schöne Sache, die ihn dazu gebracht hatte, seinen Berg Adoptionsnotizen endlich anzugehen. Es war eine miese Sache: Es war der New Yorker Serienkiller Joel Rifkin, der ihn dazu nötigte, diese Arbeit anzugreifen, der er so lange aus dem Weg gegangen war – Jesus, konnte es einen ekelhafteren Anlass geben?

Dieser Psycho Joel Rifkin schraubte sich in seinen Kopf hinein und kippte sozusagen in das Thema Adoption das Serienkiller-Thema rein.

Sollte er also dem New Yorker Serienkiller Rifkin, der bis heute im Knast saß, irgendwie dankbar sein? Schließlich hatte er ihm ein neues Buch zu verdanken und die Entdeckung einiger verschütteter Erinnerungen. Scheinbar. Das heißt, der Schein trügt. Und Erinnerungen sind ein echtes Problem. Die treten dir eines Nachts die Tür ein und behaupten, sie gehörten zu dir. Das ist gelogen, du kennst sie nicht. Sie behaupten, sie würden seit vielen Jahren in deinem Haus wohnen, ganz unten hinten im Keller, wo du schon lange nicht mehr warst. Aber die können ja viel behaupten, und du sagst, sie sollen verschwinden. Dann holen sie verkratzte und verknitterte Fotos aus ihren Taschen.

Und du sagst, sie sollen reinkommen.

Aber sie sollen bloß keinen Dreck machen.

Er war sich nicht mehr sicher, ob er seiner in Queens, New York, lebenden Mutter jemals erzählt hatte, wie er ihr damals, mit fünf oder sechs Jahren, erstmals auf die Spur gekommen war.

Samstag war Badetag, damals bei ihnen daheim. Die Dusche wurde kaum öfter benutzt als manchmal im Sommer, wenn es sehr heiß war, und gebadet wurde nur am Samstag. Eine halb volle Badewanne für vier Personen. Er war der Jüngste und musste am frühen Abend als Erster einsteigen, dann folgten seine viel ältere Schwester, die Mama und der Papa. Die Reihenfolge änderte sich nie, das Familienoberhaupt immer zuletzt, wahrscheinlich das Gegenstück zu der Regel, dass der Kapitän das sinkende Schiff als Letzter verlässt, eine Frage der Ehre. Erst viel später fiel ihm auf, dass diese Art Familienbad Mitte der Sechzigerjahre in kleinbürgerlichen Familien der oberen Unterschicht eigentlich nicht mehr üblich war. Aber Sparsamkeit wurde in ihrer Familie wahnsinnig großgeschrieben, alles musste man sich *vom Munde absparen,* und zwar meist deshalb, damit es die Kinder später einmal besser hatten. Nicht ausgeschlossen, dass ihn auch das traumatisiert hatte und er deswegen sein Leben lang der Typ war, der Plastiktüten oder Essensreste einfach nicht wegwerfen konnte. Das erste Auto kam 1967, ein olivgrüner VW Käfer, der zusätzlich zu den Blinkern noch ausklappbare Blinkanzeiger an den Seiten hatte [*gibt's einen Fachausdruck dafür?*]. Lange vor den Wohlstandsgeräten Fernseher, Telefon und Kofferplattenspieler wurde das Auto zusammengespart. Seine Mama hatte keinen Führerschein und würde nie einen machen.

Er war fünf oder sechs Jahre alt, als er an einem dieser Samstage unter Aufsicht der Eltern in der Badewanne saß. Es schien einen Grund zu geben, dass sie sich zu zweit um seine Wochenreinigung kümmerten, und falls irgendwelche Gottheiten einen Plan gehabt hatten, dann war er gut. In seiner zweifellos unschuldigen Nacktheit verkündete er ohne Vorwarnung laut triumphierend: »Ich bin ein Adoptivkind!«

Papa und Mama waren schockiert. Als wäre eine Bombe

vor dem Haus explodiert. Keine Übertreibung. Sie schreckten vor ihm zurück, fassungslos, verwirrt. Und er fand ihr seltsames Verhalten so lustig, dass er den Schockspruch *Ich bin ein Adoptivkind* sofort in einen Singsang verwandelte und wiederholte, bis ihm der Vater befahl, damit aufzuhören. Dabei hatte er überhaupt noch nicht gewusst, was ein Adoptivkind ist; obwohl ihm die Bande der Nachbarskinder ernsthaft und sorgfältig erklärt hatte, was Sache war: Deine Eltern sind nicht deine richtigen Eltern, du warst nicht im Bauch deiner Mutter, sondern im Bauch einer anderen Frau, und dann haben sie dich im Krankenhaus abgeholt und seitdem bist du ihr Adoptivkind. Er wusste noch nicht mal, was ein Bauch damit zu tun hatte, und wurde wie so oft verarscht, weil er der Kleinste in der Bande war. Seine Eltern waren nicht so modern, ihm die Angelegenheit jetzt sachlich zu erklären. Mama wiegelte ab, sie hätten ihm wieder nur Blödsinn erzählt, während Papa so schlau war, ihn zu fragen, was das denn heißen solle, Adoptivkind, wodurch sofort klar wurde, dass das Kind keine Ahnung hatte. Er konnte nur die Aussage nachbeten und fand es instinktiv besonders, dass seine Eltern nicht seine richtigen Eltern waren. Das musste man sich merken, dass sie erschreckten, wenn er *Ich bin ein Adoptivkind* krähte.

Die Antworten kamen erst Jahre später. Und viel später entdeckte er auf diesem lebenslänglich gestochen scharfen Bild in seinem Kopf, dass seine Eltern an diesem Badetag wohl gehofft hatten, das Adoptionsthema wäre damit erledigt und er hätte es am nächsten Tag vergessen.

Sie habe es nie vergessen können, erzählte ihm seine Mutter dann bei ihrer ersten und bisher einzigen Begegnung, und sie hätte an jedem einzelnen Tag an dieses Kind gedacht, das sie zur Adoption freigegeben hatte; oder hatte sie *weggegeben* gesagt? Das schlechte Gewissen sei sie nie wieder losgeworden, und es war so schlecht, dass sie den Kindern, die sie nach ihm noch bekommen hatte, nie etwas von ihrem ersten Kind erzählt hatte. Die wussten nichts von ihrem One-Night-Stand vor sechzig Jahren und auch nichts von seinem Flug nach New York, und es hatte also nichts gebracht, dass er seiner Mutter damals und jetzt wieder kurz vor seiner Reise erklärt hatte, dass sie kein schlechtes Gewissen haben müsse. Vielleicht hatten seine Halbgeschwister irgendwann etwas in einem mütterlichen Schrank gefunden, das ihnen komisch vorgekommen war, und sich vielleicht gefragt, ob sie ihre Mutter doch nicht so gut kannten, wie sie gedacht hatten. Und vielleicht würden sie verstehen, warum er sich vorgenommen hatte, jedes *Vielleicht* aus seinem Text zu streichen, obwohl er wusste, dass er das unmöglich durchhalten konnte. Alle wissen zu wenig oder wollen vielleicht nichts wissen oder bekommen nicht genug Wissen, selbst wenn sie vielleicht alles wissen wollen würden. Nicht nur vielleicht, sondern sicher ist es so, dass alle an einer Adoptionsangelegenheit Beteiligten die Sache nie vergessen. Vielleicht weil es mehr als ein natürlicher Vorgang ist, vielleicht weil zwei Mütter doppelt so kompliziert sind wie eine? Auch die Pädagogin und Kriminologin Prof. Dr. Christine Swientek konnte auf den Einsatz von »vielleicht« nicht verzichten: »Vielleicht haben diejenigen Mütter am besten die Freigabe ihres Kindes verwunden, die später heirateten und weitere Kinder bekamen.« Allerdings habe sie bei ihren Recherchen »keine Frau gesprochen, die die Freigabe des Kindes im Nachhinein mit Herz *und* Hirn bejaht hat und voll hinter der damaligen Entscheidung steht«, und »aus allen Briefen und Gesprächen« habe sie den Eindruck bekommen, »dass eine Verarbeitung im aktiven und positiven Sinne nicht stattgefunden hat«. [*nicht mit Zitaten überfrachten!*]

Ihr 1982 veröffentlichtes Buch mit dem Titel *Ich habe mein Kind fortgegeben* und dem Untertitel »Die dunkle Seite der Adoption« war eine Pionierarbeit, denn die Frage, wie diese Frauen »diesen Verzicht oder Verlust im Laufe ihres Lebens verarbeiten, ist bis heute nicht beantwortet. Die betroffenen Frauen berichten nicht unaufgefordert darüber – zumal viele in der Anonymität bleiben wollen –, und gefragt wurden sie bislang nicht danach«. Auch seine Mutter wollte anonym bleiben, während seine Tochter ihn später darauf hinwies, dass er doch das Recht hätte, aus seiner Anonymität aufzutauchen und seine amerikanischen Halbschwestern kennenzulernen. So wie sie als seine Tochter doch das Recht hätte, ihre Halbtanten kennenzulernen. Und so wie diese das Recht hätten, von ihm, dem unbekannten Halbbruder, zu erfahren. Er war jedoch der Meinung, dass er sich nicht über die Entscheidung seiner Mutter hinwegsetzen dürfte, die Adoption vor ihrer amerikanischen Familie geheim zu halten. Durch einen solchen Verrat wäre zu ihrem schlechten Gewissen ihm gegenüber dann nämlich auch noch sein schlechtes Gewissen ihr gegenüber gekommen. Um das vage Gefühl zu bekämpfen, dass er es irgendwann vielleicht doch bedauern könnte, seine Halbschwestern nicht kennengelernt zu haben, stellte er sich vor, wie sie sich schon beim ersten Kaffee als Trump-Fans entlarvten. Darauf konnte er verzichten. Seine Mutter aber hatte den gefährlich durchgeknallten rechtsradikalen Präsidenten am Telefon mit den harten Worten einer Frau beschimpft, die in den Bergen aufgewachsen war, und auch deswegen war er stolz auf sie, die sich seinetwegen zu Unrecht ein schlechtes Gewissen umgehängt hatte, das sie nicht mehr loswurde, während einer wie Trump und andere Psychopathen naturgemäß nie wegen irgendwas ein schlechtes Gewissen bekamen.

Es war mitten in der Nacht. Er lag auf dem Sofa und sah sich im Fernsehen eine Folge *Seinfeld* an, als er auf einmal mit Joel Rifkin konfrontiert wurde, dem Mann, der mindestens siebzehn Frauen ermordet hatte und ihn auf absurde Weise dazu bringen würde, sein ungeliebtes Adoptionsbuch anzugehen. Rifkins Verhaftung war zu diesem Zeitpunkt ein so großes Thema in New York, dass es auch in der am 18. November 1993 ausgestrahlten neunten Folge der fünften Staffel der Sitcom darum ging. Jerry Seinfeld und seine Freundin Elaine unterhalten sich über den enttarnten Serienkiller, der New York in Atem gehalten hat, als ihr wie üblich überdrehter Freund Cosmo dazukommt und wie üblich zu jedem Thema sofort neue Informationen und Meinungen beitragen kann.

»Wisst ihr, warum Rifkin zum Serienmörder wurde? Weil er ein Adoptivkind war!«, verkündet Cosmo. »Ich glaube, auch Jack the Ripper war ein Adoptivkind. Weil man durch eine Adoption zum Serienkiller wird!«

Er war auch ein Adoptivkind, er sprang vom Sofa auf, davon hatte er noch nie gehört. Er sah sich die Szene noch mal an. Instinktiv hatte er keinen Zweifel daran, dass dieser irre Cosmo bei allem Unsinn immer auch etwas erzählte, das tatsächlich diskutiert wurde, und er fing sofort an, nach Informationen zu suchen. Dieser Rifkin war tatsächlich als Baby adoptiert worden, und vor allem die Boulevardmedien, die ihn »Joel the Ripper« nannten, hatten sich schnell darauf eingeschossen, dass seine Adoption wahrscheinlich wesentlich für seine kaputte Psyche verantwortlich war (nachdem er auf der Suche nach seiner wahren Identität sozusagen in einem undurchdringlichen Nebel durchgedreht war). Mit dem massiven Einsatz von *wahrscheinlich* und *vermutlich* oder *möglicherweise* und *nicht ausgeschlossen* konnten die Revolverblätter und Trashsender alles behaupten. Denn besonders in der Psycho-Zone Adoption herrschten die Vermutung und die Spekulation, nicht die Beweise. Alle nickten immer verständnisvoll, wenn sie hörten, dass aus einer Frau eine drogenabhängige Kriminelle geworden war, nachdem sie hatte erfahren müssen, dass ihre Eltern nicht ihre richtigen Eltern waren, das war doch klar.

Es war nicht nur die überraschende Information und die Neugier, die ihn antrieb, diese und seine Sache genauer zu betrachten, sondern auch eine diffuse Wut, dass der Inbegriff des Bösen mit dem Symbol des verletzlichen und schutzbedürftigen Kindes in Verbindung und, mehr noch, gegen jene Kinder in Stellung gebracht wurde, die immer mit mehr oder weniger unklaren Familienverhältnissen zurechtkommen mussten. Zwischen zwei Müttern: ein Niemandsland, das zu betreten nicht unbedingt gut ist … Geradezu zwanghaft fragte er sich in dieser Nacht, noch während *Seinfeld* weiterlief, ob er an sich selbst jemals etwas gespürt hatte, was ihn zu einem Serienmörder hätte machen können. Er erinnerte sich an eine Reihe von Albträumen, in denen er von gesichtslosen Männern dazu gezwungen wurde, Mordaufträge auszuführen, wogegen er sich so verzweifelt wie erfolglos gewehrt hatte … Das konnte die Reaktion auf einen Film wie *Léon – Der Profi* sein, in dem der Protagonist zwar Auftragsmorde ausführt, aber ein herzensguter vereinsamter Kerl ist und sich sogar um ein Waisenmädchen kümmert. Mit dem sexuellen Trieb des Serienkillers hat der Profi Léon nichts zu tun, und die Morde, die letztendlich auf sein Konto gehen, waren, wie es in Filmen mit sympathischen Killern gerne heißt, nie etwas Persönliches. Der Profikiller braucht mehr Geld, der Serienkiller Befriedigung. Dagegen hatte er selbst auch als Kind nie Lust gehabt, Tiere und sonstige Lebewesen zu quälen oder zu töten – was als deutliches Signal für psychopathische Persönlichkeiten und Serienmörder gilt.

Er hatte sich versteckt, als der Vater ihm, um einen richtigen Mann aus ihm zu machen, beibringen wollte, wie man Hasen schlachtet. Sich trotz angedrohter Strafen standhaft geweigert. Es nicht übers Herz gebracht. Andererseits hatte er fröhlich kreischend die stolpernden und flatternden Hühner verfolgt, denen gerade am Hackstock der Kopf abgeschlagen worden war. Und andererseits hatte er es später doch geschafft, Forellen mit einem kleinen Prügel den Kopf einzuschlagen. Er war seit der Pubertät immer kurz davor, sich allzu stark für Waffen zu interessieren, würde jedoch andererseits, selbst wenn er auf Nazis schießen müsste, keine Lust dabei empfinden. Glaubte er. Und er war sich bewusst, dass man auf Selbsteinschätzungen nicht viel geben sollte. Und war es eigentlich ausgeschlossen, dass in seinem Gehirn jetzt noch, kurz vor dem Rentenalter, ein Schalter umkippen konnte und ihn doch noch zum Serienkiller mutieren ließ? Äußerst extrem unwahrscheinlich, sagte die Wissenschaft. [*hier sind Belege nötig!*] Aber: Äußerst extrem unwahrscheinlich heißt nicht ganz ausgeschlossen.

Mit den Stichworten *Adoption* und *Serienkiller* führte ihn die Suchmaschine, schneller als man »Gott steh mir bei« sagen kann, zum amerikanischen Psychologen Dr. David Kirschner und seinem 2006 veröffentlichten Buch *Adoption: Uncharted Waters*, das er auf seiner Website eindrucksvoll bewarb: »Adoptierte, die töten (...) – nichts, was jemals über Adoption geschrieben wurde, kann den Leser auf die Enthüllungen in diesem Buch vorbereiten.«

Sofort wird eine Namensliste von Serienkillern geliefert, die möglicherweise von Adoptionsproblemen angetrieben waren. Dieser Doktor Kirschner geht davon aus, dass »von den schätzungsweise fünfhundert Serienkillern in der US-Geschichte« 16 Prozent als Kinder adoptiert worden sind, während Adoptierte nur »zwei bis drei Prozent der Gesamtbevölkerung« ausmachten. Außerdem sei es »15-mal wahrscheinlicher«, dass Adoptierte einen oder beide Teile ihrer Adoptiveltern töteten. Schätzungsweise hatte Psychologe Dr. Kirschner einen Hang zu gewagten Schätzungen.

Immerhin rief das eine verschüttete Erinnerung hervor, einen Spruch der Mama, mit dem sie ihn manchmal zurechtgewiesen hatte: »Wer seine Eltern haut, dem wächst die Hand zum Grab hinaus!«

Er konnte sich nicht erinnern, jemals auch nur auf den Gedanken gekommen zu sein, seine Mama zu schlagen; auch nicht, weswegen sie ihm damals mit diesem unheimlichen Spruch gedroht hatte. Einmal hatte er sie darauf hingewiesen, dass er es deshalb nicht glaubte, weil man doch auf keinem Friedhof jemals eine Hand entdecken könne, die aus einem Grab herauswachse. Weil sich das niemand traut, sagte sie.

Ein andermal hatte er sie gefragt, warum sie ihn, er aber nicht sie schlagen dürfe. Sie schlug ihn selten und immer nur halbherzig, drohte ihm stattdessen eher und wirkungsvoller damit, dass ihm der Papa die Strafe verpassen würde. Das war normal: Die meisten seiner Kumpels bekamen gelegentlich eine verpasst, und in der Schule kriegten sie bis etwa 1970 öfter mal eine Ohrfeige oder Schläge mit dem Lineal auf die Hand – falls sie nicht gerade diesen einen Lehrer hatten, der lieber mit dem Schlüsselbund warf …

Gute Frage für Experten: Wurden Adoptivkinder schätzungsweise häufiger und heftiger geschlagen als andere Kinder? War es dann vielleicht deshalb schätzungsweise »15-mal so wahrscheinlich«, dass sie zu Elternkillern wurden, oder war es nur elfmal so wahrscheinlich?

Im sogenannten »Adopted Child Syndrome« (ACS) hatte Dr. Kirschner eine Art Rasterfahndung nach gewalttätigen Adoptivkindern ausgelöst. Dabei waren seine Forschungsergebnisse so umstritten, dass er sein Buch im Selbstverlag veröffentlichen musste. Und doch wird Kirschners Psychogramm bei passenden Mordfällen von jedem Revolverblatt zitiert: »Unsozial, Schulprobleme, Neigung zum Lügen, Stehlen und Weglaufen von zu Hause.«

Er selbst musste zugeben, dass alle Punkte auf ihn zutrafen. Wenn auch nicht immer gleichzeitig.

Sein Jugendfreund Hans war kein Adoptierter und hätte seinen Vater zu Recht ermorden können. Hans war ein Krimineller, der schon als frühreifer Teenager diese Laufbahn eingeschlagen hatte (und in einem Kriminalroman hätte ihm der Satz »Mein Freund Hans war ein geborener Krimineller« passieren können, ehe er den dummen Satz hoffentlich korrigiert hätte). Hans wurde in eine richtig kaputte Familie hineingeboren, die in der ganzen Siedlung berüchtigt und schlecht angesehen war; der Vater so ein schwerer Trinker, dass er sogar in einer Siedlung auffiel, in der nur trinkfeste Männer wohnten. Eine Familie aus dem White-Trash-Bilderbuch für übertriebene Klischees. Auffällig verkörpert von Hans' Mutter: Nach diversen Operationen hatte sie einen völlig verzerrten Mund, aus dem nur noch unverständliche Laute kamen, und sie hinkte so extrem, dass ihr Oberkörper hin und her schwankte, als würde sie im nächsten Moment fallen. Wenn ihm die Mutter von seinem Freund Hans auf der Straße entgegenkam, ging er auf die andere Seite, um nicht Grüß Gott sagen und sie ansehen oder wegsehen zu müssen;

wenn sie angetorkelt kam und er sich im Schutz seiner Kinderbande sicher fühlte, grölte er mit den anderen »Hilfe, die Hexe kommt!«. Die Frau war nicht so schwerbeschädigt zur Welt gekommen – Hans' Vater, ihr Mann, hatte sie im Suff verprügelt. Als er noch klein gewesen sei, sagte Hans, und dass der Schläger mit einer geringfügigen Bewährungsstrafe davongekommen sei, und seinen Job habe der Schläger trotz hartem Suff nie verloren, er war Rangierer bei der Eisenbahn. Wo auch der Papa des Adoptivkinds als Zugführer arbeitete. Die ganze Siedlung wurde Eisenbahnersiedlung genannt.

Er war elf, als der drei Jahre ältere Hans Arps sein Freund wurde – einer dieser älteren Freunde, die auf dich aufpassen, dir was beibringen, was zeigen, dich mitnehmen, in diese Straßen hineinbegleiten, die du noch nicht kennst, die du schon entdeckt, aber noch nicht zu betreten gewagt hast; diese Freund:innen, die so wertvoll sind in einem Leben, einflussreicher sogar als die Eltern. Sein großer Freund war viel weiter als die anderen Vierzehnjährigen, er war sehr selbstständig, musste nicht zum Abendessen zu Hause sein, keine Arbeiten übernehmen und an keinem Sonntag Verwandte besuchen; oder vielleicht hätte er irgendwas gemusst, kümmerte sich jedoch nicht darum. Seinem Alten, dem Schläger, ging er aus dem Weg, hatte aber keine Angst vor ihm; wenn es sein müsste, würde er *ihn* verprügeln, nicht umgekehrt, oder er würde die alte Drecksau, sagte Hans, eines Nachts erschlagen, wenn der Besoffene nichts merken würde … Hans war schon fast ein richtiger Mann, während er immer noch ein Bübchen war, und als er jetzt über Hans schrieb, konnte er sich nicht erinnern, wie dessen Freundschaft mit ihm, dem

Bübchen, das weder durch Geld oder kindliche Tollkühnheit noch durch sexuelle Verfügbarkeit auffiel, entstanden war. Hans wohnte im letzten Haus vor dem Bahngelände, am äußersten Rand der Siedlung, und dazu passend war er der Anführer einer Bande, deren Mitglieder nicht aus der Eisenbahnersiedlung kamen und den kleinen Freund ihres Anführers verächtlich Bübchen nannten, ein kleiner Arsch, der sich bloß schnell heim zur Mama verpissen sollte. Hans hielt seine schützende Hand über dieses Bübchen, das jedoch kein Bandenmitglied werden durfte. Als der Kleine den großen Freund vorsichtig fragte, sagte der nur ruhig und bestimmt, das gehe nicht. Auch das war die schützende Hand von Hans, und das Bübchen war nicht traurig über die Ablehnung, denn auch ihm war klar, dass Hans' Bande ein anderes, viel härteres Kaliber war als die Bande der Nachbarskinder, die das Bübchen seit Jahren geduldig mitlaufen ließ und auch zwei noch kleinere Mädchen nie schlecht behandelte.

Hans war ein freundlicher Typ, obwohl er sehr schnell gewalttätig werden konnte, was er jedoch nie grundlos wurde. Er war aufgeweckt, neugierig und konnte gut reden, geradezu altklug. Weil er seine Hausaufgaben nie ordentlich machte, war er in die Hilfsschule (die damals noch nicht Sonderschule hieß) abgeschoben worden. So erging es auch allen seinen jüngeren Geschwistern, zwei Brüdern und einer Schwester, die im Gegensatz zu ihm jedoch unzugänglich und zurückgeblieben wirkten. In den zwei Jahren ihrer Freundschaft hatten sie sich nur einmal im Haus des jeweils anderen aufgehalten, und beide Male sofort unwohl gefühlt. Als der Hans bei ihm war, hatte ihn die Mama misstrauisch beäugt und ihn auszufragen versucht, denn er war ja einer von jener schlimmen Familie. Sie ließ sie nicht in Ruhe, es war nicht auszuhalten, das Bübchen schämte sich. Auch bei Hans daheim machten sie sich schnell wieder aus dem Staub, es war genauso peinlich, als sie in der weniger ordentlichen, wenn auch nicht unordentlichen Küche auf Hans' Horrormutter trafen, die das Bübchen freundlich etwas zu fragen schien, von dem er jedoch nichts verstand, außer dass es so verstörend klang wie das Wehklagen einer eingekerkerten armen Seele. Währenddessen glotzten Hans' Geschwister den Besucher stumm an, als käme er von einem anderen Stern. Hans zerrte an ihm, schnell raus hier, und sie zischten ab durch dunkle Kellerräume. Hans führte ihn an der Hand – offenbar sein Fluchtweg, wenn er seinen Alten abschütteln musste – zuletzt ging es hinaus in den Garten und durchs Gebüsch weiter zum Bahndamm …

Die Siedlung lag am Stadtrand, und alles, was sich gut fürs Herumstreunen und Abtauchen eignete, war in der Nähe: das Bahnhofs-Betriebswerk-Gelände (abgesichert von wackligen Lattenzäunen und verrosteten kleinen Betreten-verboten-Schildern) mit den überwucherten Schrotthaufen und Balkenstapeln und ausrangierten Wagen und alten Loks und der großen Halle für die Güterwaggons, Schienenbusse und Rangierloks. Außerdem die Kleingartenanlage zwischen den letzten Häusern und dem Wald, ein Dschungel aus Hütten, Schuppen, Sträuchern und Gestrüpp, mit einigen Parzellen, die kaum genutzt wurden und vor sich hin verschlampten und aus denen sie nie vertrieben wurden. Und der Bahndamm vor dem Gleis Richtung Landsberg, auf dem die Mitglieder

der einen wie der anderen Bande gerne dahinstapften wie Westernhelden. Die Züge fuhren so langsam, dass man immer nur eine Armlänge aus dem Weg ging und lachend winkte, wenn aus einer Lok ein brüllender Kopf kam, den man kannte und der es nicht nötig fand, den Eltern zu melden, dass sie sich mal besser kümmern sollten. Auf der anderen Seite vom Gleis ging es sofort steil den Wald hoch, und wenn man eine halbe Stunde durchmarschierte, konnte man sich in den Fluss stürzen. Interessanter war aber der mitten im Wald weithin sichtbare Wasserturm, auf dem sich im Zweiten Weltkrieg eine Flakstellung befunden hatte. Wegen Baufälligkeit war der Eingang zugemauert, aber durch ein Fenster in der ersten Etage kamen sie rein und stiegen über von Schutt bedeckte Treppen bis rauf aufs Flachdach, eine plane, etwa zwanzig Quadratmeter große Betondecke, auf der sie sich bei starkem Wind nicht aufrichteten, um nicht hinunterzufallen. Bei schönem Wetter überblickte man das ganze Land bis zu den Alpen, und die kleine Stadt sah von dort oben aus, als würde sie in den Wäldern bald untergehen. Wenn er daheim von der Besteigung des Wasserturms berichtete, fragte ihn der Papa, ob sie Munition gefunden hätten. Wenn die Mama sagte, das Betreten des Turms sei gefährlich und verboten, sagte der Papa nichts und zwinkerte ihm nur zu. Wenn sie auf dem Gleis stadtauswärts gingen anstatt rauf in den Wald, kamen sie bald zu Wiesen und Äckern und dann zu einer kahlen steilen Anhöhe, die fast den ganzen Ort eingrenzte, der quasi irgendwann in ein Loch gefallen sein musste. Ein Stück hinter dieser Anhöhe und schon außerhalb der Stadt befand sich die traditionelle Hinrichtungsstätte Galgenbichl, wo irgendwann (nach Abschaffung der Todesstrafe) eine Baracke aufgemauert worden war. Hier wohnten Flüchtlinge aus dem Osten, die *Polacken* genannt wurden (oder *Gschwerl*, eine Bezeichnung für alle Leute, von denen anständige Bayern denken, sie würden nichts taugen). Dorthin trauten sie sich nie, sogar der Hans wollte das nicht riskieren. Aber dann war dort ein Massenmord passiert, alle, die dort gewohnt hatten, waren erschossen worden, und einige Tage danach trauten sie sich doch in die Baracke am Galgenbichl.

»Da waren auch Nuttenweiber dabei«, sagte der Hans.

»Ich weiß schon«, sagte das Bübchen, obwohl er nicht wusste, was ein Nuttenweib sein sollte.

In der Zeitung hatte gestanden, dass ein ukrainisches Ehepaar seine Mitbewohner, drei Männer und eine Frau, erschossen hatte und dann sich selbst; ob es sich dabei um Rache oder Amok gehandelt hatte, konnte nicht geklärt werden. Die Leichen hatten dort zwei Wochen gelegen, ehe die Tat am 24. April 1970 entdeckt wurde. Die Fernsehbilder, die in den 20-Uhr-Nachrichten an erster Stelle kamen, waren noch frisch in ihren Köpfen, als sie sich Zugang zur Baracke verschafften. Aber außer Flecken an den Wänden und dem Boden, die sie für Blutspuren halten wollten, entdeckten sie nichts. Sie waren sich sicher, dass es nach Blut stank, spuckten auf die mit Kreide markierten Leichen-Umrisse auf dem Bretterboden. Hans erklärte, dass das Blut von Ermordeten einen eigenen Geruch hatte und dass sich genau hier bis in alle Ewigkeit furchtbare Untaten ereignen würden.

An all diesen Orten (außerhalb des Familien- und Schulsystems) brachte der Arps Hans dem Bübchen alles bei, was man wissen musste. Was Ficken bedeutete und wie man es und anderes machte, was irgendwie damit zu tun hatte. Wie man ein in der Hosentasche vergrabenes Klappmesser mit einer einzigen blitzschnellen Bewegung zog, aufschnappen ließ und gegen einen Angreifer richtete. Wie man Feuer machte und möglichst schnell große Flammen entfachte. Wie man durch ein geschlossenes Fenster einbrach, ohne die halbe Nachbarschaft aufzuwecken. Wie man mit den Alten reden musste, um sie von einer bestimmten Sache abzulenken. Wie man unauffällig etwas beobachtete und wie man feststellte, ob man selbst beobachtet wurde. Auf welche Art man einen viel stärkeren Gegner kampfunfähig machte – man durfte sich nicht auf einen fairen Kampf einlassen, sondern musste schneller sein und das eigene Aggressionspotenzial möglichst explosiv einsetzen … Dem Bübchen fiel jedoch nie etwas ein, womit er seinen Lehrer Hans hätte beeindrucken können, bis er endlich doch eine Idee hatte, als sie bei Regen in einem Verschlag in einem der Gärten hockten, um die sich niemand mehr kümmerte.

»Weißt du eigentlich, dass ich ein Adoptivkind bin!«

»Na und«, sagte Hans, »mir doch egal.«

»Du weißt ja gar nicht, was ein Adoptivkind ist!«

»Von mir aus. Dann erklär's mir halt.«

Als immer ruhiger und geduldiger Lehrer und pflichtbewusster Aufpasser und souveräner Bandenchef hatte er kein Problem damit, etwas nicht zu wissen und es sich erklären zu lassen. Am Ende der Ausführung zuckte er nur mit den Schultern und sagte knapp, was er von der Sache hielt:

»Ist doch scheißegal, alle Eltern sind scheiße. Sie wollen dich immer nur herumkommandieren, egal, ob's deine Alten sind oder andere, so und nicht anders schaut's aus.«

Was für eine Enttäuschung – für den großen Freund war es eine so kleine Sache, dass er es nie wieder erwähnen wollte. Er würde die Lektion jedoch nie vergessen, dass es vielleicht besser war, wenn man keine große Sache aus dieser Adoptionssache machte (außer man traf auf Leute, bei denen man den Eindruck hatte, sie könnten die Sache für eine große Sache halten, dann war es eine Chance, beachtet zu werden).

Hans besaß dagegen eine wirklich große Sache, von der alle Bandenkinder und -teenager (unter 18) wahnsinnig beeindruckt waren. Nur einen Steinwurf vom Bahndamm und abseits der Kleingärten stand ein massiver, gut eingezäunter Schuppen, fast ein Blockhaus, mit kleinem Garten, das seinem Alten gehörte. Es war allein schon ein seltsamer Anblick, dass dieses Gartenhaus so allein stand, und ebenso seltsam, dass von außen alles viel ordentlicher aussah als alles andere in der Gartenanlage, obwohl es der schlimmsten Familie der Siedlung gehörte – und der Hans hatte den Schlüssel! Es war sein Reich und das Basislager seiner Bande. Damit konnte nichts mithalten. Und es war sensationell, dass das Bübchen das einzige Mitglied der anderen, harmlosen Bande war, das es jemals besichtigen durfte. Sie hatten sich auch bei Regen nie reingeflüchtet, Hans behauptete, keinen Schlüssel zu haben, so geheimnisvoll und abgesichert war das Hauptquartier seiner Bande.

»Jetzt zeige ich es dir einmal«, sagte er plötzlich ohne jeden Anlass, als wäre es nichts Besonderes. Er holte (immerhin grinsend) einen großen alten Schlüssel raus, und sie gingen rein. Er zog die schwarzen Vorhänge an den zwei Fenstern auf. In einer Ecke zwei Sofas und ein niedriger Tisch, auf dem Schnaps- und Bierflaschen und Aschenbecher standen. Poster an den Wänden, überzeugende Werbung für Sex and Drugs and Rock 'n' Roll. Das Bübchen drehte sich langsam im Kreis, ehrfürchtig, als würde er eine Ahnung von seiner Zukunft bekommen und sie genau aufnehmen wollen, ehe er sie irgendwann betreten könnte, während Hans in einem Holzofen Feuer machte. Aus einem Sideboard nahm er zwei ausgespülte Senfgläser, sie setzten sich an den Tisch und tranken Bier am späten Nachmittag – eine Ausnahme, Hans der Beschützer animierte ihn nie zu Alkohol und Zigaretten, sondern ließ das Bübchen allenfalls mal einen Zug nehmen. Er hatte jedoch viel zu wenig Zeit, um sich endlich erwachsen vorzukommen – Klopfsignale an der Tür, vier Jungs und ein ebenfalls vierzehn- bis sechzehnjähriges Mädchen verteilten sich im Raum, ohne was zu sagen oder sich zu ihnen an den Tisch zu setzen. Sie sahen wie Mopedrocker aus, die ihre Maschinen nicht geschenkt bekommen oder lange darauf hingespart hatten, sondern sie klauten und schnell kaputt fuhren. So sahen sie aus und so war es auch, wie sich bald herausstellte. Sie beäugten oder ignorierten den kleinen Freund ihres Chefs feindselig: War es jetzt doch so weit gekommen und der kleine Idiot sollte aufgenommen werden, war der Boss übergeschnappt? Dem Boss schien es Spaß zu machen, keine Reaktion zu zeigen und abzuwarten, wie sich seine Bande in dieser Situation verhielt. Wie sicher war sein Führungsanspruch? Das Mädchen, das den Frauen auf den Rock-

'n'-Roll-Sex-Postern gefährlich ähnlich sah, kam schließlich näher, stieß mit einem Stiefel gegen den Tisch und sagte: »Pass mal auf, du kleiner Arsch, schieb einen Zehner rüber und ich zeig dir was Schönes, bevor du wieder heim zu Mama gehst.« Dabei formte sie mit einer Hand einen Ring, den sie vor ihrem Busen hin und her bewegte. Alle brüllten vor Lachen. Außer Hans, der zu ihr sagte, sie solle ihn in Ruhe lassen, und zu ihm, er müsse jetzt gehen, und dann laut den Befehl gab: Setzen, Besprechung!

Er war froh, dass er so einfach davongekommen war. Wenn auch ohne genau zu kapieren, was ihm das Mädchen Schönes hatte zeigen wollen, für einen Zehner, den er nicht hatte … Die enge Freundschaft mit dem Hans dauerte dann nicht mehr lange, der kleine Freund war dann doch zu klein geworden, noch bevor der Ältere in einer Autowerkstatt zu arbeiten anfing. Aber wenn er mit dem Auto an ihm vorbeifuhr, winkte er dem Bübchen immer zu und hupte.

Etwa zu der Zeit kamen Hans und seine Bande öfter auf die Titelseite der Lokalzeitung. Alle in der Siedlung wussten Bescheid, obwohl keine Namen genannt wurden. Wegen Raubüberfällen und Autodiebstählen wurden sie gesucht und entkamen der Polizei monatelang. Den Hans erwischten sie nie. Auf der Flucht vor den Bullen raste der Zwanzigjährige in eine Tankstelle, sein Auto explodierte, er verbrannte. Es hieß, seine Hand habe den Griff der Tür umklammert, die sich nicht mehr habe öffnen lassen.

Er hatte damals nichts gehabt, womit er seinen kriminell begabten Freund Hans beeindrucken konnte. Alle Informationen, mit denen er hätte angeben können, bekam er ja erst viel später: dass Adoptivkinder angeblich stärker als andere gefährdet waren, auf der berühmten schiefen Bahn zu landen; und vor allem, dass mindestens zwei seiner vier Großväter Kriminelle gewesen waren. Der Vater seiner Mama hatte eine Scheune angezündet, um das Versicherungsgeld zu kassieren, war verraten worden und saß während der Nazizeit sieben Jahre in jenem Landsberger Gefängnis, in dem auch Hitler nach seinem erfolglosen Putsch 1923 inhaftiert gewesen und so bevorzugt behandelt worden war, dass er seine Hetzschrift *Mein Kampf* dort hatte diktieren und schreiben können. Nicht nur die Mama, auch seine Mutter hatte einen kriminellen Vater gehabt. Und zwar zu jener Zeit, als man kriminell sein musste, um kein Verbrechen zu begehen: Er hatte als Soldat der Wehrmacht in Polen zusammen mit Einheimischen ein großes Fest gefeiert und war anschließend desertiert. Wenige Tage danach hatte er sich erschossen, aus Angst, früher oder später sowieso den Nazis in die Hände zu fallen, die ihn als Deserteur erschossen hätten. Das erzählte die Mutter am Telefon (kurz vor dem Flug nach New York). Sie habe keine Erinnerung an ihren Vater, sagte sie, und er vergaß, sie zu fragen, woher sie das alles wusste. Während er selbst nichts wusste von weiteren Verbrechen oder »Verbrechen« in seiner, soweit bekannten, Verwandtschaft. Sein Papa hatte nur Schwarzarbeiter beschäftigt oder Weihnachtsbäume aus dem Wald gestohlen; und über seine Zeit als Wehrmachtssoldat erzählte er kaum etwas. Während der Besatzungszeit in Norwegen habe er eine Pistole vergraben, und in Griechenland habe er sich »nie etwas zuschulden kommen lassen«, brüllte er, als ihn Fernsehberichte über das Wüten der deutschen Nazis in Griechenland wütend machten. Eingeknastet war der Papa nie gewesen. Soweit der Adoptivsohn wusste. Aber was sagte das schon: Wo er von allen und allem viel zu wenig wusste – und von seinem Erzeuger fast nichts. Vielleicht hatte der ihm einen Haufen Gene mitgegeben, die nicht mal der Teufel haben wollte. Wenn er von diesem Fastnichtswissen damals gewusst hätte, dann hätte er vor seinem Freund Hans sicher damit angegeben: »Weißt du was, Hans, also mein richtiger Alter, mein Erzeuger, also der mich …, du weißt schon, also der war ziemlich sicher ein Serienkiller, du weißt, was das heißt.« Wenn man angeben muss, ist eben jedes Mittel recht. [*Kapitel streichen; alles an den Haaren herbeigezogen; die Serienkiller-Anspielung nicht mehr überzeugend*]

Seine Schwester war dreizehn, als er, das adoptierte Geschwisterchen, ins Haus kam. Er war fünf, als sie mit ihrer Ausbildung anfing, er war dreizehn, als sie heiratete und ihr erstes Kind bekam. Er war, wenn man es genau betrachtete, mit zwei Müttern aufgewachsen. Seine Schwester war für ihn wie eine Mama neben der Mama gewesen, sie hatte ihn betreut und bemuttert, und als ihm bewusst geworden war, dass er nicht nur eine Mama hatte, sondern zusätzlich eine Mutter, die ihn geboren hatte, wäre die Behauptung, dass er es einige Jahre mit drei Müttern zu tun gehabt hatte, nicht völlig abwegig; mehr behütet konnte ein Kind nicht aufwachsen. Allerdings war der Abstand zu seiner Schwester größer als nur die dreizehn Jahre Altersunterschied. Bei ihr hatte die altmodische, autoritäre Erziehung der Eltern angeschlagen, und sie war deshalb keine große Schwester, die im Kampf mit dem Vater für den jüngeren Bruder den Weg freigeboxt hätte. Sie besaß keinen Plattenspieler, keine Beatles-Kassette, die Jugendbewegungen der Sechzigerjahre schienen spurlos an ihr vorbeizugehen. Der kleine Bruder war nie aus Versehen 1966 in ihr Zimmer geplatzt, um zu sehen, wie sie Deutschlands Nr.-1-Hit »These Boots Are Made For Walkin'« von Nancy Sinatra nur in Unterwäsche in ein Haarbürsten-Mikrophon sang. Sie ging in keine Disko und keinen Schützenverein, sie war so schüchtern, dass es sogar dem Papa manchmal zu viel wurde und er die schon über Zwanzigjährige aufforderte, sie solle doch endlich mal zum Tanzen gehen, wie man es eben so mache, wenn man als junge Frau langsam daran denken müsse, *unter die Haube zu kommen.*

Doch erst in Begleitung der Eltern konnte sie sich dazu überwinden, und die gingen kaum öfter als einmal im Jahr zu einer Festivität in den katholischen Pfarrheimsaal. Der Mama war es nie ganz geheuer, wenn sie sich für so ein Ereignis schick machen und sich auch noch mit 4711 einsprühen musste. Und so war es auch für seine Schwester. Dass die Tochter ganz nach den Vorstellungen der Eltern geraten war, während sich der Adoptivsohn zum absoluten Gegenteil entwickelte, bestärkte den Vater in seiner Ansicht, dass der Sohn nur deshalb immer gegen die Eltern und ihre Welt handelte, weil er eben nicht von ihrem Fleisch und Blut war.

Verschüttete Erinnerungen. Auf die man stieß durch zufällige oder unlogische Verbindungen in irgendeinem finsteren Tunnel des Gehirns, und erst bei Lichte betrachtet war zu erraten, worum es eigentlich ging – spooky.

Während er über seine Zeit als Bübchen schrieb, erinnerte er sich auf einmal an den ersten Kinospielfilm von Roland Klick von 1968. Vielleicht war der Film auch schon längst in seinem Kopf gewesen, als er sich dafür entschieden hatte, von sich als Bübchen zu sprechen, wer weiß? Der Film hieß jedenfalls *Bübchen* mit einem ebenfalls Zehnjährigen als Hauptfigur und galt seinerzeit als einer der unheimlichsten deutschen Filme. Dieses Film-Bübchen bekommt eines Tages eine Schwester, und als es eines Abends mit ihr allein zu Hause ist, wird sie von dem Bübchen getötet. Stülpt ihr eine Plastiktüte über den Kopf und sieht ihr beim Ersticken zu. Warum dieses Bübchen das Baby tötet, erklärt der Film nicht. Könnte sein, dass die Tristesse der Kleinstadt-Reihenhaussiedlung schuld ist, oder dass das Bübchen einfach nur mal sehen wollte, was passiert, wenn ein Baby eine Plastiktüte über dem Kopf hat, oder wie es aussieht, wenn jemand stirbt (»just to watch him die«, wie es Johnny Cash im »Folsom Prison Blues« besungen hat). Man weiß es nicht, man ist allein damit … Er stellte sich im Kopfkino als das Bübchen, das er gewesen war, neben das mörderische Bübchen aus dem Roland-Klick-Film – und entdeckte durch eine verquere Parallelschaltung das dritte Bübchen: Das Bübchen im Film tötet ein Baby, während er selbst es einem toten Baby zu verdanken hatte, dass er damals ein neues Leben in einer neuen Familie bekommen hatte. Was er nicht vergessen, woran er aber schon lange nicht mehr gedacht hatte: dass seine Mama im Jahr vor seiner Geburt einen toten Sohn zur Welt gebracht und dass ihm dieses verstorbene Bübchen seinen Platz überlassen hatte.

Das Thema Adoption war in der Familie nie wirklich besprochen worden, und der im Jahr vor seiner Adoption verstorbene Junge war ein Tabu. Seine Schwester war damals dreizehn und alt genug gewesen, um alles mitzubekommen, und als er selbst alt genug war, um die Brisanz seiner Adoption langsam zu erkennen, hatte er sie so bedrängt, dass sie ihm diese Vorgeschichte aufdeckte. Die Mama war zum zweiten Mal schwanger gewesen, hätte die Geburt fast nicht überlebt, ihr Sohn starb. Er war also, da war er sich später sicher, nur deshalb »an Kindes statt« angenommen worden, weil der Junge gestorben war; und weil der Papa unbedingt, da war er sich später ebenfalls sicher, einen männlichen Nachfolger in der Familie haben wollte. Damit hatte er also einen Bruder, den er nie kennenlernen konnte und den er nie kennengelernt hätte, wenn er überlebt hätte, weil der Adoptivsohn dann nicht in diese Familie gekommen wäre. Hatte er dem toten Baby sogar sein Leben zu verdanken? Damit war auch die Frage im Raum, die alle Adoptivkinder beschäftigte und viele von ihnen phasenweise oder sogar lebenslänglich quälte: Wie wäre mein Leben verlaufen, wenn ich nicht adoptiert worden wäre? Wenn die Würfel anders gefallen wären und die Eltern an einem bestimmten Punkt der Adoptionsgeschichte auf ein anderes Dokumentpapier oder im Waisenhaus auf das neben ihm liegende Baby gedeutet und gesagt hätten: »Wir wollen lieber dieses Kind«? Er wusste nichts über den Verlauf und nicht mal, warum sie in ein zweihundert Kilometer entferntes Waisenhaus hatten fahren müssen. Wie waren sie hingekommen, mit dem Zug? Hatte er bei seiner ersten Zugfahrt in einer Tasche gelegen? Und wenn mit dem Auto, wer hatte es gefahren, weil doch der Papa noch keinen Führerschein hatte? Und wer hatte denn überhaupt von der ganzen Angelegenheit gewusst? Die Mama war schwanger gewesen, dann war da aber kein Kind, und dann war sie nicht mehr schwanger gewesen, aber ein Kind war da. Das haben alle mitbekommen, damals hatten sie noch in einem der Wohnblocks in der Eisenbahnersiedlung gewohnt, und deshalb hatten es ihm die anderen Kinder erzählen können.

Eines Tages schaffte er es, dass die Schwester mit ihm und der Mama zum Grab des unbekannten Bruders fuhr, der natürlich einen Namen und ein Grab bekommen hatte, auf einem Friedhof im Nachbarort. Es war harte Arbeit, die Mama dazu zu bringen, ihm das Grab zu zeigen. Der Vater durfte nichts davon wissen. Ein grauer, kühler Regentag. Die Mama behauptete, sie seien seitdem nie wieder hier gewesen, und sie liefen eine Zeit lang über den Friedhof, ehe die Erinnerungen kamen und sie die Grabstelle fanden. Ein kleiner Kindergrabstein, verwittert, umgefallen. Die in den Stein gehauenen Buchstaben und Zahlen waren nicht mehr zu entziffern. Die Mama weinte. Sie hielten sich nur wenige Minuten bei dieser unangenehmen Erinnerung auf. Sie hatten ihm den Namen gesagt, auf den der Bruder getauft worden war. Er konnte sich jetzt nicht mehr daran erinnern, er hatte so lange nicht mehr an ihn gedacht.

Seine Mama verbrachte ihr ganzes Leben in Oberbayern, sie wurde 1920 in einem Dorf bei Landsberg geboren und starb 1999. Ihr Vater war ein Spengler (Klempner) mit eigener Werkstatt, ihre Mutter (die sie nicht leiden konnte, sie war angeblich ein böses Weib und möglicherweise ihre Stiefmutter, aber das konnte er jetzt zu seiner eigenen Verwunderung nicht mehr mit Sicherheit sagen) betrieb im Haus einen sogenannten Kramerladen mit Gemischtwaren und Kleinkram. Sie hatten fünf Kinder, Mama war in der Mitte. Als sie mit vierzehn die Volksschule abschloss, musste sie das Elternhaus verlassen, um als Magd auf einem großen Bauernhof ein paar Dörfer weiter zu arbeiten, obwohl sie nicht wegwollte. Sie hasste die Arbeit und die Leute auf diesem Hof, wo man als Magd und Knecht eine arme Sau war. Sie heiratete am 20. Juli 1944 und hatte eine riesige Wut auf diesen Hitler, weil an diesem Tag in Berlin das Attentat auf ihn verübt wurde und es damit ihren Festtag kaputtmachte – ein großes Durcheinander, es ging nur noch um das missglückte Attentat. Zwei Jahre später gebar sie eine Tochter. Sie war nie im Theater, in keiner Operette, las nie ein Buch, nur ein wenig in der Zeitung, war ein herzensguter Mensch. Auch als sie Anfang der Fünfziger nach Schongau zogen, blieb sie eine Hausfrau, die jeden Sonntag in die katholische Kirche ging und jeden Abend mit ihm betete, als er noch ein Kind war. Wenn sie aus dem Haus ging, trug sie oft ein Kopftuch, und wenn es regnete immer. Nach dem Tod ihres Mannes lebte sie noch eineinhalb Jahre; und konnte endlich einmal in ihrem Leben tun und lassen, was sie wollte, das gefiel ihr, das hatte sie ihm selbst gesagt.

Seine Mutter wurde 1940 ebenfalls in Oberbayern geboren, sah die Alpen jedoch nicht wie die Mama am Horizont, sondern war von ihnen geradezu eingeschlossen. Sie wuchs in den Kriegsjahren bei ihren Großeltern auf, man lebte mit und von den Bergen. Nachdem sich ihr Vater auf der Flucht vor den Nazis umgebracht hatte, bekam sie einen Stiefvater, ein Kaufmann, mit dem sie sich jedoch nicht so gut verstand. Sie sei eben schon, erzählte sie, ein wildes und nicht zu bändigendes Mädchen »mit einem eigenen Kopf« gewesen. Mit achtzehn ging sie in eine vierhundert Kilometer entfernte Stadt, um eine Lehre als Kosmetikerin zu beginnen. Nach einer Party wurde sie schwanger, gab das Kind zur Adoption frei und weigerte sich trotz intensiver Nachfragen, den Namen des Kindsvaters anzugeben. Nach der Rückkehr in ihr Alpendorf heiratete sie einen amerikanischen Soldaten, mit dem sie bald darauf in seine Heimat Texas ging, wo es ihr jedoch nie gefiel. Dort bekam sie schnell hintereinander zwei Töchter. Als diese erwachsen waren, ließ sie sich scheiden und ging nach New York, lebte fortan allein, hatte das Hausfrauenleben satt, arbeitete als Handwerkerin. Sie war fünfzig, als sie ihn, den unbekannten Sohn, kennenlernte und ihm erzählte, sie habe nie wieder in ihre alte Heimat zurückgewollt, obwohl sie manchmal »schon arg viel« Heimweh habe.

Sein Papa wurde 1920 in einem Dorf in der österreichischen Wachau geboren und starb 1998. Er wuchs auf einem sehr kleinen Weinbauernhof auf. Seine Mutter starb, als er zwölf war, und er sagte oft verbittert, alles wäre ganz anders gekommen, wenn die Mutter nicht so früh verstorben und den Vater und die drei Söhne alleingelassen hätte und wenn er als Jüngster den Hof hätte übernehmen können, der später von seinem ältesten Bruder runtergewirtschaftet worden war. Deshalb war der Papa irgendwann mit seiner engsten Familie wegen Erbschaftsangelegenheiten zerstritten. 1938 wurde er zur Wehrmacht eingezogen und kam ins Bayerische in die Nähe von Landsberg. Im Krieg war er in Griechenland, Norwegen und Frankreich, wo er zuletzt einige Monate in Kriegsgefangenschaft verbrachte. Seitdem hasste er *die Franzosen* für immer, weil er als Kriegsgefangener schlecht behandelt worden sei (was später ein häufiger Streitpunkt mit dem Adoptivsohn war, der behauptete, als Nazisoldaten hätten sie ja wohl keine bessere Behandlung verdient gehabt), und wenn später die israelische Ministerpräsidentin Golda Meir im Fernseher auftauchte, beschimpfte er sie unter anderem als »dreckige Hure«, weil die Juden den Deutschen unglaublich viel Geld aus der Tasche zögen, obwohl die Schuld, die nicht so groß sei, wie die Welt behauptete, längst beglichen sei. Nach dem Krieg wurde er Beamter bei der Bundesbahn, aber nur, um seine Familie gut versorgen zu können. Als planvoller und sparsamer Mann mit handwerklichen Allroundfähigkeiten brachte er es zu einem eigenen Haus und war stolz darauf, dass das von seinen Kollegen kaum jemand schaffte. Nachdem er bei einem Zugunglück verletzt worden war, wurde er mit Mitte fünfzig pensioniert und konnte sich endlich ganz dem Garten und den Kleintieren widmen. Er hatte ein paar Bücher gelesen, diskutierte gern, besuchte nie ein Theater, Konzert oder Kino, ging in keine Gastwirtschaft, war in keinem Verein. Er habe immer studieren wollen, aber nie die Chance dazu gehabt, deshalb sollte aus dem Sohn unbedingt etwas Besseres werden, ein Zahnarzt, ein Rechtsanwalt. Ein Schriftsteller war außerhalb seiner Vorstellungen, ein Affront, er schämte sich, wenn er von Nachbarn gefragt wurde, was der Sohn machte. Nichts von dem, was er sich von seinem adoptierten Sohn erhofft hatte, trat ein.

Und schließlich die Nr. 4 seiner Eltern: Der Erzeuger, den er auch schriftlich nicht Vater nennen konnte, war der Mutter zufolge damals ein etwas über zwanzigjähriger persischer Austauschstudent, der Ingenieurwesen studierte. Er traf diese junge Frau nie wieder und wusste nicht, dass er sie geschwängert hatte. Als die Mutter ihn, den unbekannten Sohn, zum ersten Mal sah, hielt sie beide Hände vor den Mund und sagte, er würde aussehen wie er, »aber wirklich wie runtergerissen«. An den Namen ihres Geliebten für eine Nacht – oder, weniger poetisch geschätzt, nur für ein paar Minuten, sie hatte ihm nie Details erzählt – könne sie sich nicht mehr erinnern, vielleicht Ahmed, oder doch eher Ali?

Er hatte die ganze Republik von Rostock bis Konstanz durchquert, um aus seinen Büchern zu lesen, aber es dauerte 57 Jahre, bis er seine Geburtsstadt besuchte. Nicht um etwas zu suchen, sondern nur, weil er eingeladen worden war, in der Stadtbücherei aus seinem neuen Buch zu lesen. Früher hatte in seinem Pass der Name der Stadt gestanden, dann war sie von der nahen Großstadt eingemeindet worden und im nächsten Pass war der Name verschwunden. Er hatte seinen Geburtsort nie veröffentlicht, immer den seiner Adoptionsstadt angegeben.

Oho, dachte er, als die Einladung kam, das ist doch interessant. Warum eigentlich hatte er seine Geburtsstadt noch nie aufgesucht? Heimgesucht.

Auch jetzt kam er erst abends an und hatte vor der Veranstaltung nicht viel mehr Zeit als für eine Runde um den Block. Warum sollte er für die Stadt irgendein Gefühl haben, er hatte da nur die ersten vier Monate seines Lebens in einem Waisenhaus gelegen – und doch fühlte es sich seltsam an, etwas fing zu arbeiten an. Er schlenderte von einer Straßenkreuzung zur nächsten, blieb stehen und sah an den Häusern hoch, als würde er darauf warten, dass sich ein Fenster öffnete und ihm jemand zuwinkte und rief, da bist du ja endlich.

Dann entdeckte er an der nächsten Kreuzung an einem Haus gegenüber die altmodisch elegant blinkende Neonschrift Tanzcafé Fröhlich und ließ sich davon reinziehen. Eine Eckkneipe im Dämmerlicht, abgenutzte dunkle Tische und Stehtische, eine wuchtige Theke, die von Flaschen jeder Art und Schildchen mit Botschaften für die Gäste und Lichterketten und bunten Figuren und Kleinigkeiten eingerahmt und geradezu zugebaut war. Leise Musik und elektronisches Geblubber, die alten Hits und die Lockrufe von einsamen Spielautomaten. Vier schweigsame Männer vor Biergläsern und eine rundliche blonde Bardame in seinem Alter, die den Fremden neugierig und nicht unbedingt freundlich ansah. Er blieb ebenfalls ruhig vor seiner Halben hocken und konnte in den separaten, bunt bestrahlten Diskoraum hineinsehen, über dessen Eingangstür ein Schild mit der Aufschrift lockte, man dürfe erst ab 18 eintreten.

Als er nach der Vorstellung in der Bücherei wiederkam, saß nur noch ein Mann bei der Bardame am Tresen. Die beiden sahen nicht so aus, als hätten sie Sehnsucht nach Unterhaltung, und er setzte sich allein an einen Tisch. Und erst jetzt fiel ihm ein Plakat auf, das mit großen Buchstaben über einem flott tanzenden Paar für einen tollen Abend warb:

Endlich wieder
Rock 'n' Roll all night long
mit DJ Ali!

Das war er also, sein Geburtsort, genau von hier kam er. Und damit konnte er doch zufrieden weiterleben.

Seine zwei Mütter waren es, die die Probleme mit den Kindern austragen mussten. Adoptionen sind mütterlicherseits mindestens mit einem, meistens mit zwei Notlagen verbunden. Seine Mutter wusste nicht, wie sie mit einem Kind selbstständig weiterleben könnte, traute sich nicht, die Schwangerschaft ihrer Familie zu offenbaren, und hatte Angst, der Mann, der sie geschwängert hatte, könnte sie in sein fremdes Land entführen. Und seine Mama hatte bei einer traumatischen Geburt ein Kind verloren, konnte kein Kind mehr bekommen, aber ein Sohn fehlte. Und außerdem, auch wenn er davon nichts wusste, war es ja nicht ausgeschlossen, dass sie gar kein zweites Kind haben wollte und in die Adoption eines Sohnes nur auf Drängen ihres Mannes einwilligte; was sie ihm gegenüber niemals zugegeben hätte. Wenn sie über diese Sache – selten und nie ausführlich – sprachen, dann versicherte die Mama ihn nur ihrer Mutterliebe, die keinen Unterschied zwischen leiblich und adoptiert kannte, und dass er ihr viele Sorgen bereitet habe, weil er so ein kleines Siebenmonatskind war, und sie Angst hatte, er könnte nicht überleben.

Adoptivkinder werden »zweimal geboren«, nämlich »aus der Armut einer Frau und der Unfruchtbarkeit einer anderen«, schreibt Michela Murgia in ihrem Roman *Accabadora*, in dem die Armut zu einer Adoption führt. Eine Witwe übergibt die ungewollte jüngste ihrer vier Töchter, die bereits in die Schule geht, einer anderen Witwe, die für das adoptierte Kind bezahlt: Zwei Kartoffeln zusätzlich für die tägliche Suppe sind »ein unermesslicher Glücksfall«. Das Mädchen ist alt genug und versteht die Ursachen des Handels, betrachtet ihn als Neuanfang.

Gegenüber dem funktionierenden, ungeschriebenen, einfachen Gesetz auf einem Sardinien, das es nicht mehr gibt, ähnelt die aktuelle Gesetzeslage in den USA einem Dschungel, der von Warlords kontrolliert wird. Aus einem einfachen Grund: »Geschätzt neunzehn Billionen Dollar« werden laut einer aktuellen Reportage im *New Yorker* jährlich von privaten Agenturen und staatlichen Stellen umgesetzt, die Adoptionen und Pflegekinder vermitteln. Das ganze System Adoption weise »enorme« gesetzliche Lücken auf, jeder Bundesstaat habe seine eigenen Regelungen, wer für Adoptionsvermittlung qualifiziert und wer für eine Adoption geeignet ist. Da Adoptionen immer noch hinter »einem Schleier aus Scham und Verheimlichung« stattfinden, würden »betrügerische Gestalten« geradezu angezogen – Adoptionsbetrug ist lukrativer und weniger gefährlich als ein Banküberfall.

Die Stadt in Oberbayern hatte zehntausend Einwohner, als er 1960 dort landete. Das Rathaus lag 710 Meter über dem Meeresspiegel. Eine Stadtmauer um die ursprüngliche Stadt auf einem Hügel, in die Stadtmauer integriert die Polizeistation. Er ging dreizehn Jahre über den Hügel oder um ihn herum zur Schule. In der Stadtmitte ein Brunnen, ein Treffpunkt für die älteren Teenager, die ihr Geld zusammenlegten, um sich im Supermarkt gegenüber große Flaschen Rotwein zu kaufen und dann »Ich will nicht werden, was mein Alter ist« zu singen (auch wenn sie den Song von Ton Steine Scherben nicht kannten). Nach Einbruch der Dunkelheit war ihr Treffpunkt eine kleine Rock-Diskothek am Stadtrand, schon auf der anderen, wenig bebauten Seite des Flusses; und im Rückblick kam es ihm jetzt so vor, als hätte er dort den größten Teil seiner Jugend verbracht, oder, wie der Vater meinte, verschwendet. Die Rock-Disko war im Gegensatz zur großen Disco-Disko vollkommen unschick und lag passenderweise direkt vor den Toren der dampfenden und röhrenden Papierfabrik, durch die auch nachts riesige Lastwagen fuhren. Diese Papierfabrik war der größte Arbeitgeber der Stadt. Noch vor dem städtischen gab es ein fabrikeigenes Hallenbad für die dreitausend Arbeiter:innen, in dem er schwimmen lernen durfte, weil der Papa jemanden kannte. In der Papierfabrik hatte er den bestbezahlten von vielen Hilfsarbeiterjobs gehabt. An den Weihnachtsfeiertagen, als kaum jemand arbeiten wollte, hatte er mit zwei weiteren Jungs, die lieber nicht im Kreis der Familie ans Christkind denken wollten, unter dem Kommando eines verkrümmten alten Mannes – den man in dem großen Werk garantiert vergessen hatte und der sie ermahnte, die Sache gemütlich anzugehen – in drei Zwölf-Stunden-Schichten Säuberungsarbeiten an den riesigen Maschinen ausgeführt für den unfassbaren Stundenlohn von dreißig Mark.

Die stärkste Partei der Stadt war, wie überall in Bayern, die Christlich-Soziale Union, die bei Wahlen um die 70 Prozent erreichte; schon in seinem ersten Buch hatte der Adoptierte mahnend und wirkungslos darauf hingewiesen, dass in der Region nicht mal Einzeller überleben würden, wenn die Lichtverhältnisse so wären wie die politischen. Auf der politischen Landkarte war die Kleinstadt nicht ganz bedeutungslos: Der langjährige CSU-Anführer Franz Josef Strauß war unmittelbar nach dem Zweiten Weltkrieg hier als Übersetzer für die amerikanischen Befreier tätig (die allgemein als Besatzer betrachtet wurden) und hatte bis zu seinem Tod hier seinen Wahlkreis. Der Papa war diesem Strauß in Statur und Wesen sehr ähnlich und bewunderte ihn, weil er dem Volk aufs Maul schaute, sich für den einfachen Mann einsetzte, auf den Tisch haute, diesen Bundeskanzler Willy Brandt einen Vaterlandsverräter nannte … Kurz gesagt: Der Papa war ein zupackender Mann, der in die Partei gepasst hätte, aber er war in keiner Partei, konnte sich nie mit Autoritäten arrangieren, sondern war selbst gerne derjenige, der anschaffte. Er hatte den Bau eines eigenen Hauses selbst in die Hand genommen, wenige Monate nach der Ankunft des Adoptivsohns war die Familie in das Zweifamilienhaus eingezogen. Zwischen den Eisenbahnerblocks, wo sie zuvor gewohnt hatten, hatte er einen Drahtzaun aufgestellt. Dieses Haus war der ganze Stolz vor allem des Vaters, seine größte Lebensleistung, man hatte sich das Haus *vom Munde absparen* müssen und sich beim Hausbau bis zum Gehtnichtmehr abgeschuftet. Weil es dafür eine staatliche Förderung gegeben hatte, musste die Wohnung im oberen Stockwerk an einen Beamten vermietet werden. Ein Gymnasiallehrer, der mit seiner Familie ebenfalls in die Stadt zugezogen war. Mit diesen Mietern gab es permanent Ärger, weil sie, so sagte der Papa, die Wohnung kaputt machten, zu viel Wasser und Heizung verbrauchten, die Lehrerfrau zum Rauchen nicht rausging und dieser Lehrer glaubte, er wäre besonders gescheit und könnte einem einfachen Zugführer erklären, wie es im Leben und der Welt zuging. Da war er beim Vater an der falschen Adresse, der nur einen Volksschulabschluss hatte und sowieso immer vermutete, Leute, die es in der Schule weiter gebracht hatten als er, würden auf ihn herabsehen. Nachdem die Schulden dem Staat gegenüber abgegolten waren, musste die Lehrerfamilie ausziehen. Der Oberstudienrat rächte sich jedoch nicht am Sohn seines ehemaligen Vermieters, als er ihm Latein beizubringen versuchte, das war auch nicht nötig, seine Versetzung war sowieso seit der fünften Klasse jedes Jahr gefährdet.

Das Haus machte auch ohne Mieter Ärger, türmte sich sozusagen zwischen dem Vater und dem Sohn auf. Letzterer hatte Heimatstadt und Elternhaus verlassen und erklärt, dort nie wieder leben zu wollen. Worauf sich der Vater sicher war, dass der Sohn dieses mühevoll erbaute Haus sofort verkaufen würde, falls er es nach ihrem Tod erben sollte. Ein häufiger Konflikt. Eine dieser Sachen, bei denen die Mama nichts mitzureden hatte. Ein unerträglicher Gedanke: Das Lebenswerk würde vom Adoptivsohn verhökert werden, damit er sich – was sollte so ein Möchtegern-Schriftsteller sonst schon tun – ein lockeres Leben *auf der faulen Haut* machen konnte. Er hatte sich vom Elternhaus schon weit entfernt, als ihm sein Freund, der Autor und Philosoph Thomas Palzer, eine Weisheit mitteilte, die ihm gefiel und die er nie vergaß: »Die Sprache ist das Haus des Dichters.«

Das soziale Leben der Mama war sehr begrenzt, Einkauf, Kirchgang, sonntags ein Verwandtenbesuch oder spazieren gehen oder eine Bergwanderung. Sie hatte keine Freundin, war in keinem Verein. Setzte ihr Kopftuch auf und hielt ihn an der Hand, wenn sie mit ihrem Kleinen auf die Straße ging. Durch ihre Siedlung am Stadtrand führte nur eine Straße, von der einige kurze Sackgassen abgingen, und es war nie was los. Oder nicht genug. Als er noch an ihrer Hand ging, hatten sie einmal eine Begegnung, die nichts mit dem üblichen Trott zu tun hatte. Sie hatten gerade das Haus verlassen und gingen auf der Straße dahin, wo weit und breit niemand zu sehen war, als ihnen auf der anderen Straßenseite ein Schwarzer entgegenkam. Er hatte noch nie jemanden mit einer Schwarzen Hautfarbe gesehen. Kannte nur vom Hörensagen diesen *Schwarzen Mann*, der ihn holen würde, wenn er nicht brav war, und deshalb war er ängstlich und fragte, was mit diesem Schwarzen Mann los sei. »Das ist nur ein Neger«, flüsterte sie, er müsse keine Angst haben, aber er solle nicht so hinschauen, woanders hätten die Menschen Schwarze Haut, das sei normal. Mehr sagte sie nicht. Und fast sechzig Jahre später fragte er sich, ob es möglich war, dass er in dieser Stadt viele Jahre nie wieder eine Person mit dunkler oder Schwarzer Hautfarbe gesehen hatte. Und ob es ein Symbol dafür war, wie zurückgeblieben sie gelebt hatten. Warum sonst hatte er diese vollkommen unwichtige und nur Sekunden dauernde Begegnung plötzlich wieder vor Augen? Während der Arbeit an diesem Buch wurde er permanent von Assoziationen getroffen. An diesen Schwarzen auf der anderen Straßenseite, den er nicht anstarren sollte, hatte er sich erinnert, weil er sechzig Jahre später in der Plattensammlung seiner kürzlich verstorbenen Schwiegermutter ein Album des Schwarzen Schlagersängers und Trompeters Billy Mo fand und sich sofort genau daran erinnerte, wie er dessen größten Hit »Ich kauf' mir lieber einen Tirolerhut« als kleines Kind gehört hatte – ohne zu wissen, dass er ein Schwarzer war, weil sie noch keinen Fernseher, nur ein Radio gehabt hatten? Bei seiner Recherche zu Billy Mo fiel ihm sofort eine Information ins Auge, die er ständig magnetisch anzuziehen schien: Der Trompeter war auf Trinidad in einem Waisenhaus aufgewachsen, »der Jüngste von elf oder zwölf Geschwistern«, erzählte seine Tochter einer Zeitung über den 2004 Verstorbenen. Dessen deutsche Frau sei dann in der Nachkriegszeit von ihrer Familie »verstoßen« worden, weil sie mit einem Schwarzen »zusammen war«. Der nie als Jazztrompeter, nur als lustiges Schlagersänger-mit-Trompete-Unikum Erfolg gehabt hatte oder hatte haben dürfen … auch in den erfolgreichen Jahren: ein Außenseiter in Germany … wie auch der Schwarze auf der anderen Straßenseite, den er als kleines Kind angeglotzt hatte, ein Außenseiter gewesen war, dessen Situation er möglicherweise instinktiv verstanden hatte … Und vielleicht war die Erinnerung daran eine Anspielung darauf, dass er selbst schon bald und immer wieder und quer durch unterschiedliche Zugehörigkeiten und Betätigungen (und vielleicht sogar zwanghaft) Außenseiterpositionen einnehmen würde, als hätte er keine andere Wahl … Assoziationsketten – die man sich womöglich nur deshalb irgendwie zusammenreimt, weil es am Ende ein Buch sein soll. Assoziationsketten bis zum Außenseiter – nicht völlig aus der Luft gegriffen. Auf diese Position hatte er sich zubewegt, lange bevor er auf die Analysen oder Behauptungen von Fachleuten traf, dass genau diese Außenseiterposition (genauer gesagt das Gefühl, diese Position einnehmen zu *müssen*) typisch für Adoptivkinder sei. Diese würden – in vielen Fällen ihr Leben lang – dazu neigen, sich an den Rand gedrängt zu fühlen, und hätten als Kinder mit der Angst leben müssen, (wieder) abgeschoben zu werden. Diese Ängste hatte er nie gehabt. Konnte sich jedenfalls nicht daran erinnern. Nur einmal, fiel ihm jetzt ein, als er schon erwachsen und klar war, dass er in eine andere Stadt gehen würde, hatte der Vater in einem Wutanfall gesagt, wenn er gewusst hätte, welche Schwierigkeiten sie mit so einem Adoptivkind haben würden, dann hätten sie ihn nicht geholt. Wobei die Mama jedoch den Kopf geschüttelt hatte. So was kam ihr nie in den Sinn.

Nachdem er tagelang an diesem Kapitel geschrieben, gelöscht, umgeschrieben, sich in Erinnerungen verbohrt hatte, erkannte er in dieser Begegnung mit dem Schwarzen noch mehr: Der Mann war etwa dreißig, ging flott dahin, trug eine weiße Plastiktüte – und jetzt wurde auch endlich klar, warum er genau diese Straße entlanggegangen war, wo es kein Geschäft und kein Lokal anzusteuern gab: Er war auf dem Weg ins Krankenhaus – das am äußersten Stadtrand auf der Anhöhe stand, von wo aus man das Galgenbichl mit der Baracke erkennen konnte, in der zu diesem Zeitpunkt noch keine sechs Erschossenen lagen –, und auf diesem Weg kam er an dem Haus vorbei, aus dem gerade die Mama mit ihrem Sohn an der Hand rausgekommen war, und alle gingen sie dahin, going down the road, zu irgendwelchen Orten, wo schon lange nichts mehr oder alles ganz anders ist.

Im Flugzeug nach New York begegnete er – allerdings nur in einem Roman – der Nigerianerin Ifemelu. Sie fliegt nach New York und kommt dabei mit dem Mann neben ihr ins Gespräch. Sie erzählt diesem weißen Mann aus Ohio, den sie als »eindeutig mittleres Management« einschätzt, dass sie neben ihrem Studium ihren Blog »Beobachtungen über Schwarze Amerikaner (früher als Neger bekannt) von einer nichtamerikanischen Schwarzen« veröffentlicht. Das interessiert den Mann und er sagt: »Haben Sie schon mal über

Adoptionen geschrieben? Niemand in diesem Land will Schwarze Babys, und ich meine keine Mischlingskinder, sondern Schwarze. Nicht einmal Schwarze Familien wollen Schwarze Babys.« Er kenne sich deshalb damit aus, weil »er und seine Frau ein Schwarzes Kind adoptiert« hätten »und sie dafür von ihren Nachbarn wie Märtyrer für eine zweifelhafte Sache angesehen würden«, schreibt Chimamanda Ngozi Adichie in ihrem Roman *Americanah.*

Es war eine Tatsache, dass Leute, die ein Kind adoptieren wollten, unbedingt einen Säugling haben wollten. Keine Zehnjährigen, die schon vielen Einflüssen (und Verletzungen) ausgesetzt waren. Aber dass »nicht einmal Schwarze Familien« Schwarze Babys adoptieren wollten, war doch irgendwie unglaublich. Wobei er einerseits der Autorin glaubte und andererseits glaubte, dass das nichts mit den Schwarzen Babys, sondern mit der amerikanischen Gesellschaft zu tun hatte (wie auch schon Miles Davis auf die Frage, was er sich wünschen würde, geantwortet hatte, weiß zu sein: nur um weniger gefährdet zu sein, von einem Cop grundlos verprügelt zu werden).

Adoptivkinder, die wissen, was mit ihnen los ist, befinden sich in einer Problemzone, die größer und unberechenbarer ist als die Problemzone anderer Kinder, weil sie doppelt so groß ist. Weil sie zwei Mütter haben (was besser, aber auch schlechter sein kann). Oder weil sie keine Mutter haben und eine, die sie nicht kennen. Oder zwei Mütter, die beide dieses

Kind wahnsinnig lieben und das ist zu viel des Guten? Es gibt doppelt so viele Möglichkeiten für Probleme (und Väter gibt es auch noch). Das kann Kinder leicht verwirren, Teenager sowieso, Ältere genauso. Auch die Frage, wie sein Leben verlaufen wäre, wenn er nie von seiner Adoption erfahren hätte, tauchte nie völlig unter, ebenso wie die Frage, wenn sie ihn nicht aus dem Waisenhaus geholt hätten … Diese elenden Fragen, auf die Adoptierte nie eine Antwort bekommen … Diese komische Sache namens Adoption konnte jemanden also leicht aus der Bahn werfen, egal ob die Bahn noch nicht mal genau zu erkennen war oder einem seit Jahrzehnten aufgrund diffuser Gefühle ganz komisch vorkam. Das Adoptivkind zum Beispiel, das in seiner Familie nicht glücklich ist und seine *wahren* Eltern nicht kennt, hat das sichere Gefühl, es müsste eigentlich in einer Milliardärsvilla leben und mit einem großen schwarzen SUV zur Schule gefahren werden und nicht mit einer rumpelnden Straßenbahn, und so wartet das Kind auf den Tag, an dem es endlich von seinen phantastischen wahren Eltern abgeholt wird … Er war Zeuge, als ein gutsituierter Fünfzigjähriger bei einem Essen im Bekanntenkreis erzählte, er habe kürzlich erfahren, dass seine Eltern nicht seine richtigen Eltern seien, und in Tränen ausbrach und schrie, sein ganzes Leben sei damit kaputt – obwohl dieser plötzlich kaputte Gutsituierte mit seinen plötzlich falschen Eltern immer bestens ausgekommen war … Das Internet war voll von derartigen Klagen und Beschwerden von Adoptivkindern, die ihm, dem ebenfalls Adoptierten, überzogen und sogar absurd vorkamen, wie im Fall des plötzlich nicht mehr glücklichen Fünfzigjährigen.

Er fand es seltsam, dass ein wertvoller Vorteil im Zusammenhang mit Adoption fast nie hervorgehoben wurde: Adoption war eine beliebte Schuldzuweisung, wurde jedoch selten als Entschuldigung benutzt; eine Entschuldigung, mit der man sich beruhigen konnte, weil es eine gute Erklärung war … Für seinen Papa war klar, dass er nur deshalb so vollkommen aus der Art schlug und einen sinnlosen Beruf wie den des Schriftstellers anvisierte, weil er adoptiert und eben nicht sein *eigen Fleisch und Blut* war. Und er selbst könnte als Adoptierter behaupten, dass er nur aufgrund diffuser und verwirrender Familienverhältnisse erfolglos zu studieren versuchte, orientierungslos, chaotisch, depressiv und lebenslänglich außerstande war, geordneten Arbeitsverhältnissen nachzugehen. Er konnte nichts dafür, wenn er Mist baute, und niemand konnte beweisen, dass seine Begründung nur eine Ausrede war.

»Geht etwas in der Erziehung von Adoptivkindern schief, ist eine archaische und hochmoderne Erklärung zur Hand: die Macht des Blutes«, schrieb die Journalistin Florentine Fritzen. Und: »Die zum Teil abstrusen Theorien sind in der Welt und nur schwer aus ihr herauszuschaffen.« Auch weil das Thema Hobbypsychologen anzieht: »Viele erwachsene Adoptivkinder berichten auch« von diesem Ruf »des verletzten, geschändeten, weniger wertvollen und geliebten Kindes, den ihnen Fremde immer wieder anzuhängen versuchen, wenn sie erfahren, dass das Gegenüber ein Adoptivkind ist.«

Sein Patenonkel war Onkel Anton, das jüngste von Mamas vier Geschwistern. Ein freundlicher, zurückhaltender, rundlicher Mann. Er hatte die Spenglerei vom Vater übernommen, einen Betrieb mit zwei Angestellten. Der Patenonkel hatte nie mit ihm über das Ereignis gesprochen, bei dem er als Pate eingesetzt worden war. Allein schon der zeitliche Abstand zwischen Geburt und Taufe des Adoptivkinds war ein Hinweis darauf, dass da irgendwas nicht gestimmt hatte, denn eine Taufe fünf Monate nach der Geburt war in katholischen Verhältnissen außergewöhnlich. Er selbst kam ebenfalls nie auf die Idee, mit seinem Paten über die Adoption zu sprechen, und er wusste auch nicht, ob Mamas zwei Schwestern jemals etwas dazu gesagt hatten. Seine Tanten und Onkel machten ihm gegenüber nie eine dumme Bemerkung wie: Du bist ja keiner von uns. Während ein Freund, der ebenfalls adoptiert worden war, erzählte, dass er von seinem Opa immer wieder darauf angesprochen wurde, dass er ja eigentlich nicht richtig zur Familie gehöre, und dass seine Weihnachtsgeschenke immer viel kleiner ausfielen als die für die leiblichen Kinder … War in seiner Familie nie passiert, er hatte natürlich immer viel zu wenig bekommen, aber immer mehr als seine Schwester.

Als er erwachsen war, traf er seinen Patenonkel nur noch selten. Zuletzt in München, an seinem Sterbebett im Klinikum Großhadern im Kreis seiner Familie. Er war nicht mehr bei Bewusstsein. Nach einem Gehirnschlag hatte er seit Jahren kaum noch gehen und sich nur noch rudimentär artikulieren können. Er hielt ein paar Minuten die Hand des Patenonkels und ließ ihn dann wieder mit Frau und Kindern allein.

Es war ein kalter grauer Wintertag. Trotz der Kälte spielte ein Mann im Untergeschoss zur U-Bahn auf der Geige. Es war die Titelmelodie von *Der Pate*, und er warf einen Euro in seinen Geigenkasten.

Seit dem Tod der Mama dachte er nicht mehr an diesen jährlichen Festtag namens Muttertag zu Ehren aller Mütter. Auch im Frühling 2023 registrierte er erst am Tag danach die Berge von Artikeln und Werbeanzeigen und erinnerte sich mal wieder daran, dass der große Tag zwar keine Erfindung der Nazis war, von ihnen allerdings geliebt wurde, und besonders liebten sie die Mütter, die dem deutschen Volk besonders viele Kinder geboren hatten. Da war die Frage doch nicht abwegig: Warum gab es keinen »Ehrentag« (Ernst Jandl) für Kinder, die mehr als eine Mutter hatten? Ab zwei Müttern sollten Kinder eine Auszeichnung bekommen, ein spezielles Mutterkreuz!

Im Gebiet der bedingungslosen Mutterverehrer halten sich auch gefährliche Kinderbeschützer gerne auf. »Kein Mensch hat ein Recht auf Kinder, aber jedes Kind hat ein Recht auf Mutter und Vater«, forderten sie, aber dahinter stand eine dieser rechtsradikalen Gruppen, die angeblich zum Schutz der Kinder aufmarschierten und für die ein Kind, das mit zwei Frauen oder zwei Männern aufwuchs, die Zerstörung der Zivilisation bedeutete. Aus dieser Ecke kam auch der Protest, wenn es um die Vereinfachung der langwierigen und komplizierten Adoptionsverfahren ging, weil sie ihre Blut-

und-Boden-Ideologie dadurch bedroht sahen. Die Gleichstellung irgendeiner Frau mit einer Blut-Mutter betrachteten sie als das Ende ihrer heilen Welt. Und beim Gedanken an diese Art heiler Welt würde man wohl auch mal fragen dürfen, ob es nicht besser war, keine Mutter zu haben.

Seine Mama war für ihn immer seine eine und einzige Mama geblieben, auch nachdem er kapiert hatte, dass es eine zweite Mutter gab, die zuerst da gewesen war. Selbst in den Momenten, in denen er sich wünschte, von keiner *treusorgenden* Mama (die allerdings nie als Helikopter auftrat) sozusagen behindert zu werden, stellte er ihre Einzigartigkeit nie in Frage. Und war sich immer sicher, dass sie sich dessen sicher war. Und sagte ihr trotzdem nie, dass er seine Mutter aufspüren wollte und sie dann gefunden und schließlich auch kennengelernt hatte. Er wollte nicht riskieren, die Mama zu verletzen; sie auf andere Gedanken zu bringen. Was sollte ihr das Wissen über die andere Mutter bringen, und sie hatte ihn nie danach gefragt. Oder er hatte nicht die Courage. Hielt sie für schwächer, als sie war. Obwohl er wusste, dass sie stark war. Mit ihm zum Grab ihres bei der Geburt verstorbenen ersten Sohns gegangen war. Ihm auch in den härtesten pubertären Phasen nie vorgeworfen hatte, er würde sich nur deshalb gegen die Familie auflehnen, weil er als Adoptivkind glaubte, seinen nicht-leiblichen Eltern gegenüber zu nichts verpflichtet zu sein. Und in Streitsituationen dem Vater nicht beipflichtete, sondern den Sohn auf ihre einfache Art – mit jenem Grundvertrauen, dass der Sohn eigensinnig, aber nicht feindselig war – verteidigte. Er bereute es, dass er sie nicht alles gefragt hatte, aber nie, dass er ihr nicht alles erzählt hatte.

Wann ist der richtige Zeitpunkt dafür, eine komplizierte Familiengeschichte auszupacken? Und macht man das besser in einem Restaurant oder auf der Autobahn? Seine Tochter war elf, als er sie in einem vollen Restaurant über die Familienverhältnisse aufklärte. Die Stimmung war gut, und aus irgendeinem vergessenen Grund kam die Sache auf den Tisch. Er sagte, sie sei jetzt alt genug, um zu erfahren, dass sie mehr Omas und Opas habe, als sie dachte, weil seine Eltern ihn nicht gezeugt, sondern adoptiert hatten, ein fremdes Kind aufgenommen hatten, als wäre das fremde ihr eigenes. Sie war nicht schockiert und antwortete (wie aus der Pistole) mit einer total verblüffenden Frage: »Bin ich auch adoptiert?« Und dann mussten sie total lachen.

So erzählte es seine Frau – während er sich nicht daran erinnerte. Was doch nicht sein konnte, sich an so was nicht zu erinnern. Glaubte er auch nicht: Er hätte doch in einem vollen Restaurant kein Familiendrama riskiert, eine Elfjährige, die in Tränen ausbrach und sich in einen Wutausbruch hineinsteigerte, mit einem womöglich betrunkenen Vater, der ihr nachrannte und dabei drei Tische umriss. Seine eigene Erinnerung ging so: Er saß allein mit seiner achtjährigen Tochter in der Küche in der Lützowstraße und fing nicht spontan, sondern sorgfältig geplant mit seiner Adoptionsgeschichte an. Das Kind schien alles zu verstehen, wollte alles über diese Mutter wissen, die ihn geboren hatte, und es gab keinerlei Aufregung.

Als seine Tochter längst erwachsen war, erzählte sie ihm,

woran sie spontan gedacht hatte, als er ihr von seinem unbekannten Erzeuger aus Persien erzählt hatte: »Mein Vater spricht aber gut Deutsch!« Da mussten sie total lachen.

Als seine Frau ihrer Mutter erzählte, dass sie einen Mann heiraten wolle, der bei Adoptiveltern aufgewachsen war und dessen Erzeuger ein Perser sei, sagte ihre Mutter sofort, sie solle bloß aufpassen. Weil diese Perser ihre Frauen unterdrücken würden. Der Einwand, dass der Zukünftige nirgendwo anders als in Bayern aufgewachsen war und weder seinen Erzeuger noch dieses Land Persien oder Iran kannte, änderte zunächst nichts. Bald aber beruhigte sie sich. Und er hatte dann nie einen Grund, diese Schwiegermutterwitze herauszukramen, in denen die Schwiegermutter immer als Plagegeist in Erscheinung tritt. Von ihr kam nie ein böses Wort.

Er wurde immer mal wieder für einen Italiener oder Türken gehalten und in den Zügen war er oft der Einzige, dessen Pass die Polizei sehen wollte. Er sah eben aus wie sein Erzeuger, hatte die Mutter gesagt und ihn vorsichtig beobachtet, ob es eine schlechte Nachricht für ihn war. Aber es war eine gute und er – der noch nie stolz darauf war, ein Deutscher zu sein – freute sich, nur noch ein halber Deutscher zu sein. Witzigerweise sah er seiner Mama viel ähnlicher als seiner Mutter, während seine Tochter seiner Mutter sehr ähnlich sah. Er sah der Mama so ähnlich, dass jemand, der nichts von seiner Adoption wusste, nicht auf die Idee gekommen wäre, seine Mama wäre nicht seine leibliche Mutter. Als erwachsenen Mann beschäftigte ihn eine Zeit lang die Vorstellung, er könnte seiner ihm damals noch unbekannten Mutter begegnen und sie für eine interessante Frau halten, was seine Freundin für eine sehr interessante Idee hielt.

Mit dieser interessanten Idee könnte er seiner Story eine gewisse Brisanz beimischen, wenn er seine Story in eine Story verpacken wollen würde. Aber er schrieb hier keine Story; bis zum Ende der Arbeit an diesem Buch fragte er sich, ob es besser und vor allem irgendwie leichter gewesen wäre, die Geschichte in eine Story zu verpacken. Wahrscheinlich. Er hatte schon genug Storys geschrieben (und öfter seine Adoption irgendwie reingepackt) und war außerdem der Meinung, dass die Literatur zunehmend von diesen scheinbar interessanten Ideen zugemüllt wurde (und dass ein Flugzeug, das nie ankommen würde, fast schon zu viel war). Seine Recherchen hatten ergeben, dass Adoption ein beliebtes Aufputschmittel von Autor:innen war, die, wie er, ein Faible für etwas Action hatten. Das kaum bekannte Problem dabei ist nur, dass *dumm* und *albern* im Bett direkt neben Action liegen.

Die Zwillingsschwestern Sonja und Senta waren ihm besonders ans Herz gewachsen, und schon die Inhaltsangabe des Romans mit den beiden in den Hauptrollen war ein Feuerwerk. Sonja und Senta »fallen aus allen Wolken, als sie erfahren, dass sie beide unfruchtbar sind. Doch dank ihrer Männer stehen sie den endlosen Adoptionsmarathon durch.« Zuerst sind es Sonja und ihr Paul, denen »endlich ein Kind zugesprochen wird: ein Junge, dessen Mutter Alkoholikerin ist. Sie zögern keine Sekunde, lieben ihn vom ersten Moment an und ahnen noch nicht, dass bei traumatisierten Kindern

Liebe allein nicht ausreicht. Senta und Markus adoptieren kurz darauf ein Mädchen von einer minderjährigen Prostituierten und schweben im Elternglück. Der drei Monate alte Sohn einer Rechtsradikalen folgt, ebenso zwei kleine iranische Schwestern, die von der Mutter in einer Wohnung zurückgelassen wurden. Schließlich kommt ein Frühchen aus der Babyklappe, das kaum Überlebenschancen hat, und ein Waisenmädchen aus Kenia dazu.« Die Verlagswerbung erreichte ihren Höhepunkt mit der Frage: »Doch werden die Kinder es schaffen, ihre Vergangenheit hinter sich zu lassen?« Er beantwortete die Frage schnell mit *Nein* und beschloss, den Roman *Kuckucksnest* von Hera Lind lieber nicht zu lesen; ehe er zu überprüfen anfing, ob es hinter diesem »Roman nach einer wahren Geschichte« tatsächlich eine gab. Das war zu viel Action für sein schwaches Herz.

Ein verheimlichtes Adoptivkind führte in der *Tatort*-Folge »Masken« zu noch viel härterer Action, die sich kein Mensch ohne Drogen ausdenken konnte: Eine Polizistin hat vor Jahren eine Fünfzehnjährige adoptiert, die ebenfalls Polizistin wurde und jetzt ihre Mutter zur Vorgesetzten hat. Einer ihrer Kollegen wird ermordet. Im Verlauf der Ermittlung stellt sich heraus, dass die Mutter und Vorgesetzte die Adoption zu verheimlichen versucht, während die Tochter-Polizistin kein Problem mit ihrer eigenen Adoptionsgeschichte hat. Im Verlauf des Showdowns, der mit dem Selbstmord der Adoptivtochter beginnt, stellt sich heraus, dass sie mit ihrer Adoptivmutter ein lesbisches Verhältnis hatte. Der ermordete Kollege, der eine kurze Affäre mit der Adoptivtochter gehabt hatte, bekam das raus und wollte die Adoptivmutter und seine Vorgesetzte damit erpressen, weshalb sie ihn ermordete.

Nur ein Klassiker konnte diese Spannung durch Adoption überbieten: Der Grieche Ödipus verließ seine Adoptivmutter, die er für seine leibliche Mutter hielt, und landete bei einer Frau im Bett, von der er nicht wusste, dass sie seine leibliche Mutter war, nachdem er einen Mann getötet hatte, von dem er nicht wusste, dass er sein leiblicher Vater und der Mann seiner Zukünftigen war, die er eben nur für irgendeine Frau hielt, die er nett fand. Auch Ödipus starb schließlich eines Tages, allerdings ohne zu ahnen, dass sein Fall Stoff für einige Tonnen Bücher, Filme, Stücke, Lieder werden würde. Bis heute heult er in seinem Grab und klagt: Meine Geschichte ist doch kein Mutter-Sohn-Musical, sondern ein Adoptionsthriller! Ihr Blinden, Blöden und Böswilligen! Sein Schicksal: Niemand will das hören, und wer ihm zuhört, glaubt es nicht.

Assoziationen funktionieren nicht nach Plan. So sind sie. Jede Assoziation ein Überfall. Vor allem die scheinbar lächerlich bedeutungslose. Wie die Schallplatte, die er vergessen hatte. Die aus dem Nichts im Flieger nach New York in seinen Kopf reingeschossen kam und »No! New! York!« durch seinen Kopf brüllte, als wollte sie ihm klarmachen, dass er von seinem Ziel ablassen sollte. Als würde ihm der Besuch in New York kein Glück bringen. Grotesk, dass sie aufgetaucht war, und was wollte sie ihm jetzt damit sagen? Die Kassette mit dem *No New York*-Album – ein Geschenk von jemandem, den er ebenfalls vergessen hatte – war auf der Strecke geblieben, obwohl sie sein Leben so stark verändert hatte, im Gegensatz zu älteren und unwichtigen Kassetten – (Tonträger von gestern, von mächtigen Streamingdiensten ins Abseits vertrieben, zum vierzigsten Geburtstag der Compact Disc hatte er dann in einer Rundfunksendung diese auffällige Bemerkung im Interview mit einer Geschäftsfrau gehört: »Die CD ist jetzt viele Jahre wie ein Adoptivkind behandelt worden!«, klagte sie, und hätte ihn mit dieser seltsamen spontanen Einschätzung ebenfalls zu seinem Buch animieren können, wenn die Sache mit dem adoptierten Serienkiller nicht zuvorgekommen wäre) – und jetzt also die Attacke des *No New York*-Albums. Ein Racheakt möglicherweise. Weil er es gewagt hatte, den musikalischen Meilenstein zu vergessen, der mehr als nur Musik war, sondern 1978 ein Anschlag auf alle guten und mehr noch sogar alle guten Punksitten: Denn besonders linientreue Punks hatten damals auf diesen *No New York*-Sound zwischen unsauberem Jazz und Lärm gespuckt, wie sie auf alles gespuckt hatten, das von ihrem genau definierten Schema abwich und trotz eindeutiger Punksignale (wie Aggression und Hass auf jede ordentlich organisierte Gesellschaft) als Avantgarde (Kunstkacke) *oder so was* abgelehnt wurde, wofür allein schon das von James Chance brutal bediente und sozusagen nicht erlaubte Instrument Saxophon als Begründung ausreichte … Er hatte inzwischen auch vergessen, ob der Titel eine Ablehnung der Stadt bedeutete oder ob die beteiligten vier Bands damit sagen wollten, dass man sie nicht als New Yorker betrachten sollte: weil sie Außenseiter (oder Aliens) waren. Mehr Außenseiter als die *No New York*-Platte war nicht möglich – und sie schien ihm damals der perfekte Ausdruck seines eigenen Zustands zu sein. Mit wem sonst, wenn nicht mit diesen Aliens, wollte er denn lebenslänglich befreundet sein? Und daran hatte sich nach vierzig Jahren nicht viel geändert. Obwohl er an die Alien-Platte lange nicht mehr gedacht hatte. Aber sich sofort an den Track erinnern konnte, der genau jetzt im Flugzeug (und auch genau jetzt beim Schreiben) perfekt zu ihm passte: James Chance and the Contortions mit »I Can't Stand Myself«. Denn er konnte sich ja selbst nicht mehr ertragen, wie er ständig von Assoziationen hin und her getrieben wurde. Auch seine Begegnung mit der auf *No New York* vertretenen Lydia Lunch zehn Jahre nach dem Erscheinen des Albums war immer noch unerträglich. Lunch hatte bei einer Veranstaltung, die er mitorganisiert hatte, Texte vorgelesen, besser gesagt vorgebrüllt, und danach hatte er zu ihr gesagt, dass *No New York* sein Leben so großartig verändert habe. Fangestotter, das sie nicht beeindruckte. Sie atmete verächtlich aus und meinte, dass nur fucking producing Brian Eno etwas davon gehabt habe. Sein Abenteuer mit Lydia Lunch war so kurz gewesen wie ihre Stücke auf *No New York* mit Teenage Jesus and the Jerks: Auf seine Frage, ob sie nun eher schreiben würde, als Musik zu machen, killte sie ihn mit einem Blick und stapfte davon. Und zur Strafe für diese dumme Frage bekam er die Stimme, die »No! New! York!« leierte, nicht mehr aus dem Kopf, ein Sprung in der Platte, ein Sprung in der Schüssel.

»Ich glaube, was ich damit sagen will, ist, dass so was wie dieses Album mein Leben doch viel mehr beeinflusst hat als die Adoption«, sagte er zu seiner Frau.

»Bist du sicher?«, fragte sie. Ihre Hand auf seiner Hand. Nicht wegen seiner Flugangst.

»Bin ich nicht.«

»Du hast dich an das eine lange nicht mehr erinnert, aber das andere nie vergessen. Schon ein Unterschied.«

»Ist mir bewusst. Aber nichts ist sicher. Wenn sogar Erinnerungen auftauchen, die mir vorkommen, als hätte ich sie jetzt erfunden. Diese Mothers nerven vielleicht.«

»Wir werden uns gerne daran erinnern – das ist das Schönste, was man von einer Sache sagen kann.«

»Mit Unsicherheitsfaktor.«

»Nur wenn etwas passiert, das niemand ahnen konnte. Wir werden uns gerne an die Gartenparty morgen erinnern, haben wir gesagt, doch in der Nacht ist ein Flugzeug aufs Haus gestürzt.«

»Immer diese Flugzeuge.«

»Wir werden uns gerne daran erinnern: Muss ja nicht heißen, dass die schöne Sache in der Zukunft passiert. Die Gartenparty war gestern, und wir werden uns gerne daran erinnern.«

»Wir werden uns gerne daran erinnert haben, ehe wir alle unsere Erinnerungen vergessen.«

»Außer die, die wir ausgegraben haben, nachdem sie längst total verschwunden waren, die wirst du nie wieder vergessen haben.«

Der Junge, der zu Besuch kam, war etwa vierzehn, ungefähr sieben Jahre älter als er. Vorher war geheimnisvoll getuschelt worden, ein Junge, den er nicht kannte, würde zu Besuch kommen, und der Papa musste losfahren und ihn abholen. Warum musste man den abholen, damit er zu Besuch kommen konnte, und seit wann kam ein fremder Junge allein zu Besuch? Die Mama erklärte es ihm nicht. Später krochen sie dann zusammen in seinem Zimmer über den Teppich und spielten mit Autos und Legos. Er hatte nie genug Legos, um ein Haus mit sauberen weißen oder roten Wänden zu bauen, seine Häuser konnten immer nur bunt sein, und manchmal lachten ihn andere Kinder aus, denn in echt gab es kein buntes Haus. Den Besucherjungen störte das nicht. Sie waren nett zueinander, obwohl sie sich noch nie getroffen hatten. Der Besucherjunge hatte sofort angefangen, mit dem Bübchen zu spielen. Sofort freundlich, sofort ein Freund, ein guter Junge. Spielte sehr schön mit dem Adoptivsohn.

Die Eltern und die Schwester standen in der Tür und beobachteten sie.

Sie spielten und bemerkten, dass sie dabei beobachtet wurden, und der Besuch war sicher alt genug, um zu wissen, warum sie dabei beobachtet wurden, während er selbst mit seinen sieben Jahren nur bemerkte, dass sie beobachtet wurden. War doch egal. Sie spielten schön miteinander. Schon gute Freunde.

Eine Stunde mit dem Auto, um den Besuch abzuholen, und abends musste er wieder zurückgebracht werden. Erst als er wieder draußen war, sagte die Mama, dass der gute Junge aus einem Waisenhaus gekommen sei. Es dauerte Wochen und Jahre, bis er nach und nach verstand, warum der Junge, den keiner kannte, aus einem Waisenhaus abgeholt worden war, um ihn besuchen zu können. Satzfetzen, Bemerkungen, Andeutungen, die sich allmählich wie Legosteine zusammenbauen ließen. Die Eltern waren vierzig Jahre älter als ihr Adoptivsohn, hatten manchmal das Gefühl, nicht mehr genug Elan für so ein Kind zu haben, und die Schwester war dreizehn Jahre älter, ging jeden Tag in der Zahnarztpraxis arbeiten und konnte nicht mehr jederzeit was mit dem Kleinen anfangen. So war also die Frage aufgekommen, ob es gut oder nötig wäre, wenn er einen Kameraden bekäme. Er glaubte sich zu erinnern, dass er in den Tagen und Wochen nach dem Besuch noch mehrmals gefragt hatte, wann der Besuch wieder zu Besuch kommen würde. Und dass der Papa mal gesagt hatte, der Besucherjunge aus dem Waisenhaus könne sich nicht mehr in eine neue Familie eingewöhnen, weil er zu alt sei, und was hätte man machen sollen, wenn man ihn zu sich geholt hätte, um dann festzustellen, dass er nicht so freundlich mit ihm – dem Kind, das ja schon in der Familie da war – spielte, wenn man sie gerade nicht beobachtete … Am späten Nachmittag wurde er in sein Waisenhaus zurückgebracht, und er sah ihn nie wieder. Hätte ihn auf der Straße nicht mehr erkannt. Hätte ihn gefragt, ob er sich an den Jungen mit den Legosteinen erinnerte, aus denen man kein einfarbiges Haus bauen konnte.

Die Gefühle des Heimkinds nach solchen vergeblichen Besuchen, Peter Wawerzinek hat sie beschrieben. Er war vier, als er von der Mutter in der Wohnung zurückgelassen wurde.

Sie ging, flüchtete, oder buchstäblich: verdünnisierte sich von Ost- nach Westdeutschland. Er wurde gerettet und kam ins Heim, und musste es mehrmals erleben: »nach dem misslungenen Adoptionsversuch, im Heim zurück.« Schon nach dem ersten Mal bei Leuten, die testen wollten, ob dieses Kind ihnen passte und sie es *für ganz* aufnehmen sollten, ging es ihm so: »Ab jetzt fürchtest du dich davor, wieder gesagt zu bekommen, dass ein Interesse vorliege. Ich will nicht mehr aufgerufen und mitgenommen werden wie die anderen Kinder.« Als er dann mit zehn adoptiert wurde, folgten keine glücklichen Jahre, und das unfassbare Ereignis in seinem Leben, von der Mutter in der Wohnung zurückgelassen zu werden, blieb unvergesslich: »Ich weiß Bescheid und weiß von nichts. Dieses Unwissen bleibt als Spuk mein Leben lang bestehen.« Wawerzinek ist fünfzig, als er sich dazu durchringt, seine unglaubliche Mutter aufzusuchen. Er hat nichts Gutes, keine Versöhnung mehr erwartet, und muss auch noch die Steigerung des Unglaublichen, einen weiteren Tiefschlag erleben.

Der Roman *Rabenliebe* von Peter Wawerzinek war (das wurde ihm beim Schreiben dieses Buchs immer mehr bewusst) das schwersterträgliche wie auch großartigste Stück Literatur, das aus der Problemzone Mutter-Heim-Adoption-Erinnerungen erzählte. Mit den Einschüben von Zeitungsmeldungen über Kindsmorde und Kinderliedern vom Spuk zum Horror. Mit diesen ersten Zeilen: »Ich habe gedacht, wenn ich mich schreibend verschenke, entfliehe ich dem Teufelskreis der Erinnerung. Schreibend bin ich tiefer ins Erinnern hineingeraten, als mir lieb ist.« Das heißt: »Alles dies versuche ich zu beschreiben und in seinem Elend noch einmal zu durchleben, um mich von inneren Qualen zu trennen, die gedachte Linie endlich zu überschreiten. Ich habe Angst.« Dieses Durchleben war mit dem Roman – der niemandem mit dem Hinweis *Nach einer wahren Geschichte* kommen musste – nicht beendet. Neun Jahre später folgte 2019 Wawerzineks genauso verstörende Verfilmung *Lievalleen* (was mehr als allein leben bedeutet: mutterseelenallein).

Der Roman wühlte sich auch in seine eigenen Erinnerungen … Er wusste nichts von Wawerzineks Geschichte, als sie sich am Außenposten der deutschen Literatur Mitte der Neunziger kennenlernten. Sie standen eine lange Nacht in einer illegalen Kneipe in Ostberlin zusammen, in die man nur mit einem bestimmten Klopfzeichen reinkam. In Lärmgewittern und Strömen von Alkohol waren sie durch ihren Freund Wiglaf Droste verbunden – (der in diesen Strömen dann viel zu früh unterging, während sich Wawerzinek viel später davon befreite und er selbst weiterhin die Ströme zu kontrollieren versuchte) – und diskutierten nicht über Mütter, sondern über Kreuzberger Autonome, die sich gegen Abweichler jeder Art eher wie eine rechtsradikale *Heimatfront* aufführten und glaubten, das als Antifaschismus bezeichnen zu können … Erinnerungen hinter mit schwarzen Tüchern verdeckten Fenstern: Sie hielten sich damals für harte Kerle, natürlich, was denn sonst, hatten sich gegen die Regeln und Erwartungen von Familien und sonstigen Institutionen durchgebissen, nichts würde sie kleinkriegen. Und doch kamen Wiglaf eines Nachts die Tränen, als er ihm erzählte, dass er aus einer verunglückten Beziehung Vater eines zehnjährigen Sohnes sei, den er noch nie gesehen habe. Das würde ihn verfolgen, weil er nicht wisse, wie er sich nach so vielen Jahren dem Sohn nähern sollte … Schweigend hörte er dem Freund zu.

Der harte Roman von Wawerzinek aber machte ihm noch etwas deutlich: Er selbst hatte ab dem vierten Monat eine ziemlich gute Kindheit gehabt. Das durfte er nie vergessen. Das durfte nie von irgendwelchen Problemzonen vernebelt werden.

»Wozu machst du so was?«, wurde Fritz J. Raddatz gefragt, nachdem er ein sehr persönliches Buch veröffentlicht hatte. »Das geht doch niemanden etwas an? Du setzt dich ja vollkommen anderen Menschen aus.« Raddatz, seinerzeit einer der einflussreichsten deutschen Literaturkritiker, notierte dann weitere Fragen in sein Tagebuch, das er auch wieder veröffentlichte: »Warum macht man so was?« War »es nur der gigantische Schrei nach Liebe, das ewige Thema ›Ich-armes-Kind-habe-ja-keine-Mutter-gehabt‹, was ja allmählich platt und banal wird? Ist es ›Kreativität‹? Wichtigtuerei?«

Oder eher doch alles zusammen? Und dazu noch der Antrieb, ganz einfach wieder einen Dollar mehr zu machen, wie es Nick Tosches betonte, weil es immer eine gute Bemerkung war, um zu den höchsten Kunstanliegen der Hochkultur etwas Abstand zu halten. Falls einem zum Beispiel kein lustiges Massaker für einen flotten Heimatkrimi einfallen wollte, schaute man eben ins letzte Fach seines Schreibtischs oder Computers. Von diesem letzten Fach erzählte Raddatz in einem Interview 2014, ein Jahr vor seinem begleiteten Suizid, aus dem das Adoptivkind hier zitiert, um erneut zu betonen, dass man nicht adoptiert werden musste, um in Umständen aufzuwachsen, die man nicht unbeschadet überstehen konnte. »Obwohl ich ein alter Mann bin, habe ich diese Nacht nicht vergessen können«, erzählt Raddatz. »Mein Vater kam mit erigiertem Glied in mein Schlafzimmer, zog mich durch die Verbindungstür ins elterliche Schlafzimmer und führte mich meiner Stiefmutter zu. Mit meinen elf Jahren hatte ich keine Ahnung, was von mir erwartet wurde«, aber sein Vater habe ihm vorgeführt, »wie man das macht.« Für seine Stiefmutter war er »wie ein fremder Junge. Sie war mit ihrem Mann sexuell im Gange und deshalb entzündet, wie man das vornehm nennt. Da muss es einen Moment gegeben haben, dass sie sagte, wenn sogar der Vater das interessant findet, dann will ich es auch.« Erst nach dem Tod des Vaters, der ihn »beim geringsten Vergehen« immer so geprügelt habe, dass die Kindermädchen »oft weinend versuchten, dazwischen zu gehen, wenn er mir wie rasend blutige Striemen schlug«, »sagte meine Stiefmutter mir, er sei nicht mein leiblicher Vater«.

Auf der Suche nach Gründen, warum jemand schreibt, zählte Raddatz' Interviewer dann diese auf: »Peter Handke sagt, seine Akne habe ihn zum Schreiben gebracht. John Updike nennt als Grund seine Schuppenflechte.« Und er selbst könne diese Liste damit ergänzen, dass er wenige Wochen nach Schuleintritt eine Brille mit sehr dicken Gläsern bekam und sich diese Kurzsichtigkeit schnell bis zur extremen Verschwommenheit steigerte. War das keine gute Voraussetzung, um mit sich allein viel Zeit zu verbringen? Mit sich und mit Schreibmaschinen jeder Art. Und mit dem, was man aus ihnen rausholen konnte.

Wurden in den letzten, den von der Covid-Pandemie geprägten Jahren mehr Kinder adoptiert, und haben sich bei den zuständigen Ämtern mehr Deutsche als in den Jahren zuvor mit dem Wunsch gemeldet, ein Kind zu adoptieren? Weil die Unterhaltungsmöglichkeiten außerhalb der eigenen Wohnung eingeschränkt waren und man über mehr Abwechslung zu Hause nachdachte? Gab noch keine Zahlen dazu, aber gute Gründe für die Fragen. Und dachten auch alleinerziehende Mütter, die in einer kleinen Wohnung ihr Kleingeld zählten, darüber nach, ob sie ein schon etwas älteres Kind adoptieren sollten, um sich nicht allein um ihr Kleinkind kümmern zu müssen? Jedenfalls erzählte eine Freundin, die in einem Tierheim arbeitete, von der schon bald nach Inkrafttreten der Einschränkungen ständig steigenden Nachfrage nach Haustieren, und dass die Adoptionswilligen nicht überwiegend einsame alte Menschen seien, sondern hauptsächlich Normal- oder Gutsituierte, die ansonsten kaum zu ihrer Kundschaft gehörten. Sie hatte von Anfang an den Verdacht, dass viele dieser aus dem Heim herausadoptierten Tiere ins Heim zurückgeschoben würden, wenn sich die Zeiten wieder besserten, weil viele dieser neuen Tierfreunde dann keine Lust mehr hätten, sich mit ihren Hunden und Katzen zu beschäftigen. Und genau so war es dann auch gekommen.

Ihm ging es so wie dem Adoptivkind Paule: »Also meistens ist es Paule ziemlich egal, aus welchem Bauch er gekommen ist, aber manchmal eben auch nicht«, schreibt Kirsten Boie in ihrer Erzählung *Paule ist ein Glücksgriff.* »Manchmal würde er schon gern wissen, wie die Frau aussieht, in der er gewachsen ist«, und dann sagt seine Adoptivmutter, zu der Paule Mama sagt: »Wenn du noch ein bisschen älter bist, suchen wir sie mal«, allerdings wissen sie »ja gar nicht, wo sie wohnt.«

Zu ihm hatte jedoch nie jemand gesagt, dass sie eines Tages mal zusammen nach dieser Mutter suchen könnten. Als er alt genug war, um die Adoptionsangelegenheit zu verstehen und Fragen zu stellen, wurde diese Frau, aus deren Bauch er gekommen war, vom Papa nur mit Schimpfwörtern bezeichnet, und es waren solche, die seine Mama nicht in den Mund genommen hätte. Aber auch sie war der Ansicht, dass diese Mutter etwas Böses getan hatte. Etwas, das eine Frau unter keinen Umständen tun durfte. Ein Kind nicht haben wollen und es dann auch noch weggeben. Seine Eltern behaupteten, er sei ein so kleines und schwaches Baby gewesen, dass er nicht überlebt hätte, wenn sie ihn nicht aus dem Waisenhaus geholt hätten. Auf die Idee, dass sie sich bei seiner Mutter ja auch bedanken könnten, weil sie ihr Kind für neue Eltern, die ein Kind haben wollten, freigegeben hatte, kamen sie nie. Wie auch seine Mutter nie auf den Gedanken gekommen war, dass sie damals eine gute Entscheidung getroffen hatte. Anstatt mit ihm in eine soziale Notlage zu taumeln, in der sie beide leicht hätten kaputtgehen können.

Der sprachliche Unterschied: Eine Mutter hat ein Kind *weggegeben* oder *freigegeben*. Für ihn selbst war er freigegeben, wie ein Geschenk überreicht worden; für seine zwei Mütter und den Vater war er weggegeben, fast schon weggeworfen worden.

Der Keller-Sepp war ein harter Hund, seine Oberarme waren so breit wie die Oberschenkel eines kräftigen Mannes, er fuhr immer schwere Autos, die vollkommen verdreckt waren und die er mit aufheulendem Motor startete. Ein Haudegen, warmherzig, hilfsbereit und der richtige Mann für eine gutmütige Bierzeltschlägerei. In den meisten Dingen war er das genaue Gegenteil vom Papa des damals noch schüchternen Bübchens. Und dennoch – und obwohl zwanzig Jahre jünger – war Sepp mit dem Papa befreundet, und er war der erste Mann, bei dem dem Jungen auffiel, dass es Männer gab, die ganz anders als sein Papa waren. Der Papa war natürlich sein Vorbild, obwohl oder weil er auch wie die meisten Männer seiner Generation der »Feldwebel« (Werner Herzog) der Familie war, der uneingeschränkte Kommandeur. Aber der Sepp hatte wenig Respekt vor ihm, brüllte den Vater an, verarschte ihn, widersprach ihm, ignorierte seine Ratschläge, und so kam's, dass der Junge den Mann bewunderte. Der Sepp war immer laut, auch wenn er freundlich sprach, und sein Lachen war noch größer als sein Bauch, über den sich meistens blaue Overalls mit vielen dunklen Flecken spannten. Nur bei Sepps Hochzeit, die in seiner eigenen großen Wirtschaft gefeiert wurde, sah ihn der Junge mal in einem Anzug. Die Wirtschaft hatte Sepp von seinen verstorbenen Eltern geerbt, aber schon bald so weit runtergewirtschaftet, dass sie kaum noch geöffnet hatte, weil Sepp ein starker Trinker war, der ein verwildertes Leben führte. Er konnte hart arbeiten und anpacken und hatte viele nützliche Fähigkeiten, aber er war eben das Gegenteil von einem ordentlichen, besonnenen, geschäftstüchtigen Mann. Es war die Zeit, als auf dem oberbayerischen Land ein betrunkener Mann vom Schlag wie der Sepp sein Auto nur dann stehen ließ, wenn er einstieg und sofort einschlief. Mal arbeitete er als Automechaniker, dann als Metzger, was er gelernt hatte, dann verkaufte er wieder Holz aus seinem Wald. Gott allein wusste, was er alles machte und organisierte, was der Junge noch nicht verstand. Mit einer Frau sah er ihn nie, doch wie aus dem Nichts war dann doch eine da, die er bald heiratete, und sie war so wild wie er, wild oder verwildert oder, wie die Eltern des Adoptivkinds meinten, verkommen.

Der Papa war ebenfalls ein wuchtiger Mann, der zupacken konnte und am liebsten mit den Händen arbeitete. Wände mauerte, schwere Säcke schleppte, mit großen Motorsägen starke Bäume umlegte, mit wenig Pausen zwischen Sonnenauf- und Sonnenuntergang. Im Gegensatz zum Sepp war er aber diszipliniert, zuverlässig, ordentlich, sparsam, ging nie in die Wirtschaft, außer zum Essen an besonderen Tagen; beste Eigenschaften für einen Zugführer bei der Eisenbahn. Und dennoch war es der falsche Job für den Papa, eine ruhige Beamtentätigkeit mit Pensionsberechtigung, die er nur angefangen habe, sagte er, um die Familie sicher versorgen zu können. Eigentlich aber habe er nach dem Krieg nach Kanada auswandern und ein Fuhrunternehmen aufziehen wollen, doch da habe sich die Mama geweigert, da sei mit ihr gar nichts gegangen. Wenn er manchmal von seinem alten Traum erzählte, hielt sich die Mama die Hände vors Gesicht und rief nach Jesus.

Es war viel zu spät, als der Adoptivsohn mit seinem Vater über dessen alte Träume sprechen wollte, und über das, was er wegen der Familie nicht angepackt hatte, und über das, was er sich von seinem Adoptivsohn vergeblich gewünscht hatte. Und es war noch viel später, erst jetzt, als dem Sohn auffiel, dass sein Papa vom Typ her dem bayerischen Schriftsteller Oskar Maria Graf ziemlich ähnlich war – dessen sozialistische und radikal antifaschistische Gesinnung er abgelehnt, dessen zupackenden Widerstandsgeist gegen Leute, die einem immer irgendwas reinreden wollen und sich für was Besseres halten, ihm gefallen hätte. Wenn er ihn nur gelesen hätte. Und wie der auf der Flucht vor den Nazis in New York gestrandete Graf hätte der Papa in Kanada sicher nie Englisch gelernt; hätte die Songs von zupackenden Country-Kerlen wie Johnny Cash oder Merle Haggard nie verstanden, obwohl sie doch so gut zu ihm gepasst hätten … Wunschdenken … Abschweifungen: um über unsicheren Boden weiterzukommen, immer am roten Faden entlang – meist zu erkennen an einem plötzlichen »Jedenfalls«: war der Papa in seiner sogenannten dienstfreien Zeit vollauf beschäftigt mit Gartenarbeit und jenen Kleintieren von Hühnern bis Hasen, die im Kochtopf landen würden. An vielen Sonntagen fuhr er mit seinem Jungen zu Kleintierzüchter-Verkaufsausstellungen zwischen Landsberg und Weilheim, um irgendein Viech zu kaufen, und vor allem handelte und palaverte er gern lang und lautstark mit den Kleintierfreunden. Das war seine Welt, und in so einer heißen, verrauchten, gackernden Halle hatte er den Keller-Sepp kennengelernt. Sie stritten sich über den Preis für einen fetten Hahn und wünschten sich zum Teufel und hauten sich auf die Schultern und amüsierten sich großartig dabei (und wenn es nicht genau so gewesen war, dann zumindest so ähnlich). Sepp kam dann oft bei ihnen daheim vorbei, qualmte die Küche der Nichtraucher voll, war immer freundlich zum Bübchen (von dessen Adoption er wusste, wie sich bald zeigen sollte), respektvoll zur Mama und zur extrem schüchternen Tochter für seine Verhältnisse extrem zurückhaltend, was dreckige Witze und zweideutige Sprüche anging. Eindeutig viel besser waren jedoch die umgekehrten Besuche. Abenteuerfahrten zur riesigen Sepp-Wirtschaft, in der nichts mehr passierte – außer wenn er drei- bis viermal im Jahr doch noch eine große Gesellschaft hatte mit hundert und mehr Leuten, und bei diesen Gelegenheiten beobachtete der Junge verblüfft, wie seine Mama aufblühte, denn sie wurde dann immer als Küchenchefin angeheuert. Er hätte nicht gedacht, dass sie so große und komplizierte Ereignisse ohne Probleme organisieren konnte.

Vor so einem Ereignis gab es immer einen Abend, an dem alles geplant werden musste, und an so einem Abend lernten der Junge und seine Familie diese zukünftige Frau von Sepp kennen. Als sie dem Jungen die Hand gab, sagte sie laut, als müsste sie ihn einer Gemeinde vorstellen: »Und du bist also der berühmte Fick-Unfall!«, und brüllte vor Lachen, während seine Mama und seine Schwester schamrot im Boden versanken neben dem baffen Papa mit dem Was-erlaubt-sich-diese-Drecksau!-Gesicht. Dass sie zu dem Jungen sofort noch wie beruhigend sagte, er könne doch froh sein, dass er dann in so eine gute Familie gekommen sei, machte es nicht besser. Und der Angriff auf diese gute brave Familie war noch nicht beendet, sie setzte sich mit Bier und Zigarette an den Tisch, blätterte in der Zeitung und las Meldungen, die sie bewegten, laut vor, und die Mama und die Schwester kamen nicht mehr raus aus dem Boden, in den sie vor Scham versunken waren.

»Das gibt's ja nicht!«, verkündete sie. »Die Alte hat dem Kerl den Schwanz abgebissen! ›Der Mann wurde vom sofort herbeigerufenen Notarzt in das Kreiskrankenhaus Garmisch-Partenkirchen verbracht. Dort gelang es den Ärzten, seinen Penis wieder anzunähen.‹ Die haben sich gestritten, und dann hat ihm seine Alte den Schwanz abgebissen! Na, prost Mahlzeit!« Damit hatte sie es sich endgültig verschissen und wurde daheim in dieser guten Familie nur noch »dreckiger Schlampen« genannt. Wie war der Sepp bloß an diese ordinäre Drecksau geraten, aus Hamburg auch noch, und schon einen zehnjährigen Sohn aus erster Ehe hatte sie, auf sein Geld war sie aus! Und gab es am Tag auch nur eine Stunde, in der sie keine Flasche Bier und keine Zigarette in der Hand hatte?

Der Junge nahm ihr den *Fick-Unfall* nicht übel (von seinem Freund Hans Arps war er an solche Ausdrücke schon gewöhnt), er fand diese Frau eher etwas unheimlich, irgendwie furchterregend – und zog immer schnell mit ihrem gleichaltrigen Sohn los, den er beneidete, weil sich niemand groß um ihn zu kümmern schien. Sie streunten durch die riesige Wirtschaft und über das Anwesen. Eine Insel mitten im Nachbardorf, die von einer viel befahrenen Straße und von einem Bach vom Dorf wie abgegrenzt und mit unüberschaubar vielen Schuppen, Bäumen, Gebüschen und alten Landmaschinen abgeschirmt wurde, wie verbarrikadiert. In den Schuppen ein geheimnisvolles Durcheinander aus Elektroschrott, Kisten mit Haushaltswaren, da oben ein ausgestopfter Habicht, ein verrostetes Luftgewehr. Nur in der Scheune, in der Sepp Autos und Traktoren reparierte, durften sie nichts anfassen, aufmachen, rumwühlen. Der leere Wirtshaussaal: dunkel, muffig, dreckig (wenn nicht gerade eine der seltenen Gesellschaften bevorstand), die vielen Tische und Stühle schienen sich zu bewegen, zu beklagen, weil alles verlassen war, keine Menschenmassen mehr, aber die Zapfanlage funktionierte noch, Theke und Ablagen voller benutzter Gläser, die Jungs holten sich Bier, tauchten schnell wieder ab. Im oberen Stockwerk unglaublich viele Zimmer, die meisten unbewohnt, Abstellkammern mit einem Bett drin, und in einem der Zimmer wohnte manchmal ein Kumpel vom Sepp, unter dessen Bett Sexhefte lagen, riesige Brüste und Haarbüschel. Und im oberen Stockwerk noch ein großer Saal, leer, nur eine Bühne und ein Klavier, auf dem der Junge gern herumspielte, als könnte er es.

Eines Nachmittags war er allein dort oben im düsteren Saal und spielte Klavier, als die Frau reinkam, die ihn zu Recht als Fick-Unfall bezeichnet hatte. Er stand sofort verlegen auf, weil er ja Klavier spielte, ohne es zu können, und weil er allein durchs Haus streunte und vermutete, sie könnte denken, er wollte irgendwas klauen. Er wunderte sich, dass sie nicht laut war, wie es ihre Art war, nicht brüllte und sich nicht trampelnd, sondern behutsam näherte. Bis sie so nah an ihn rangekommen war, dass er sich wieder setzen musste. Sie beugte sich über ihn, verqualmt und nach Bier stinkend, stützte sich mit ihren dicken Armen am Klavier ab, er wie gefangen dazwischen, und ihre großen Brüste, die noch viel größer als die in den Sexheften zu sein schienen, schaukelten direkt vor seinen Augen; sie beugte sich so über ihn, damit er genau erkennen konnte, dass sie unter der Bluse keinen Büstenhalter trug.

»Na, du spielst ja wieder schön rum«, sagte sie leise, »und spielst du auch schon mit was anderem rum, hm?«

Ehe er was sagen oder doch irgendwie abhauen konnte, hatte sie ihm zwischen die Beine gegriffen. Da rührte sich nichts, es tat nur weh. Er versuchte ihre Hand wegzuschieben, aber sie hielt ihn fest. Stieß mit ihrem Gesicht runter und verpasste ihm einen Schlag mit der Zunge auf die Lippen.

»Hast noch keinen richtigen Schwanz, oder was! Gefall ich dir vielleicht nicht, hm!«

Er drückte sich noch weiter nach hinten, und endlich richtete sie sich mit einem Ruck auf und machte einen Schritt zurück und sagte: »Halt bloß dein Maul, sonst sag ich deinen Alten, dass du meine Titten begrabscht hast, und dann liefern sie dich wieder in deinem beschissenen Waisenhaus ab, du kleine Drecksau.«

Bald darauf verschwanden der Sepp, seine Frau und ihr Sohn aus seinem Leben. Was war aus ihnen geworden, er wusste es nicht, nur dass der Sepp mit knapp über fünfzig gestorben war, etwa zu der Zeit, als die kleine Drecksau (wie ihn die furchteinflößende Frau zu Recht genannt hatte, weil sein Schwanz dann doch mal hart wurde, wenn er an sie dachte) ihren ersten Roman veröffentlichte, in den sie diese verwilderte Familie und die verlotterte Wirtschaft eingebaut hatte – schon damals verbunden mit der Frage, wie zum Beispiel der Sepp den Roman finden würde, ob ihm die Beschreibung der Verhältnisse am Rand des ordentlich katholischen Bayern etwas sagen und ihm die Sprache gefallen würde. Wenn er nur gelesen hätte. Bei ihnen daheim saß auch nie jemand im Sessel und las ein Buch. Während den Adoptivsohn das Lesen, nachdem er es gelernt hatte, sofort wie eine Droge packte. Lesen veränderte sein Leben wie kaum etwas anderes. Er bekam eine neue Welt, viele und andere Welten, er holte jede Woche Bücherstapel aus der Stadtbibliothek, und er war nicht deshalb süchtig geworden, weil sie damals noch keinen Fernseher hatten. Eine Zeit lang freute sich der Vater, dass er ein begeisterter Leser war, ehe sich herausstellte, dass er sich dadurch von der Familie und ihrer Alltagswelt entfernte. Abhaute, flüchtete. Schularbeiten waren die einzige Möglichkeit, der von Frühjahr bis Herbst ständig geforderten Mithilfe bei der Gartenarbeit oder der Versorgung der vielen Kleintiere zu entkommen. Sein Wunsch, lieber über Tom Sawyers Abenteuer zu lesen als Steine aus den Gemüsebeeten rauszuholen, war nicht akzeptabel. Also machte er Hausaufgaben, hatte Huck Finns Abenteuer auf dem Schulheft liegen und musste aufpassen. Dass er im Gymnasium noch mehr Zeit für Schularbeiten aufbringen musste und weniger für Hilfsarbeiten herangezogen werden konnte, verstand die ganze Familie, und so konnte er noch mehr heimlich lesen. Und als er jedes Jahr schlechtere Noten bekam, musste er logischerweise umso mehr für die Schule arbeiten – klassisches Suchtverhalten.

Eines Sommertags erwischte ihn der Papa, stand am offenen Fenster, hatte sich angeschlichen. Und erkannte sofort, dass das Buch auf dem Heft kein Schulbuch war. Er wurde jedoch nicht wütend, sondern fragte den vierzehnjährigen Sohn, was er da las. Es war der Roman *Wem die Stunde schlägt* von Hemingway, und der Vater sagte, er habe es auch gelesen, vor vielen Jahren. Was der Sohn nicht glauben konnte, sondern glaubte, dass der Hemingway automatisch vom Buchclub zugeschickt worden und dann zwischen den Garten- und Tierbüchern ungelesen untergegangen war. Die Vater-Sohn-Konflikte waren häufiger und heftiger geworden, und es war typisch, dass die Hemingway-Diskussion schnell giftig wurde.

»Hast du das wirklich gelesen, du liest doch sonst nie«, sagte der Sohn.

»Dein Vater ist zwar nur ein dummer Volksschüler und lange nicht so gescheit wie ein Herr Oberschüler, aber er hat auch mal ein Buch von Hemingway gelesen.«

»Ein Volksschüler ist nicht dümmer als ein Oberschüler. Das habe ich noch nie behauptet. Das behauptest du immer, aber es stimmt nicht.«

»Aber ein Volksschüler hat viel weniger Zeit zum Lernen.

Ich wollte immer lernen und durfte nicht. Und du hast alle Möglichkeiten und lernst nichts. Und draußen haben wir so viel Arbeit und du hilfst nicht mit, lernst nicht und hilfst nicht.«

»Ich mach grade nur ein paar Minuten Pause.«

»Du meinst, du kannst mich für blöd halten, weil ich nur ein Volksschüler bin.«

»Tu ich nicht, ich mach wirklich nur Pause. Und jetzt mach ich wieder weiter, wenn's recht ist.«

»Du machst immer nur, was du willst, und sonst gar nichts.«

»Das stimmt doch nicht.«

»Wenn dir dein Vater was anschafft, dann interessiert dich das nicht, alles andere ist immer viel wichtiger.«

»Das ist es nicht.«

»Das ist es, und das ist dir alles egal, weil du dir sagst, das ist ja gar nicht mein richtiger Vater, der hat mir gar nichts zu sagen.«

Auf diese Art bissen sie sich immer wieder fest wie zwei Hunde an einem Gummiknochen. Egal wie es anfing, darauf lief es hinaus.

»Darf man sich als ›armes Adoptivkind‹ Trotz erlauben? Darf man Widerstand gegen Fürsorge und Bemühen der Eltern zeigen«, und »kann man als traumatisiertes Kind davon ausgehen, dass die elterliche Geduld, das liebende Verständnis ausreicht, um aggressive Abgrenzung zu wagen? Viele Kinder beantworten bereits im Vorfeld unbewusst diese Fragen negativ. Sie bemühen sich um Anpassung und neigen dazu, sich selbst bei dem geringsten Fehlverhalten als ›böse‹ einzustufen«, schreibt Jugendpsychotherapeutin Christiane Lutz in ihrem Handbuch für Adoptivkinder und -eltern. Dass er in der Pubertät starken Widerstand zeigte, sich auf aggressive Weise abgrenzte, sich nicht um Fehlverhalten scherte und sich deswegen nicht als böse einstufte: Waren das keine Zeichen dafür, dass er in dieser Zeit über sein Adoptiertsein nicht nachdachte? Musste er sich trotzdem als traumatisiert betrachten? Wozu er keine Lust hatte, obwohl es doch anscheinend vielleicht sogar ein bisschen zur Mode geworden war, sich ein Trauma anzuheften wie eine Tätowierung. Seine Freundin Ruth aus Berlin, die ebenfalls adoptiert worden war und sich viel mehr als er mit dem Thema beschäftigt hatte, meinte, wenn man, wie er, die ersten vier Monate in einem Heim verbracht hatte, war man traumatisiert. Hatte er also deshalb seit seiner frühen Jugend Alkohol getrunken oder doch nur, weil man im Bayern seiner Jugend dazu gezwungen war, wenn man nicht geteert und gefedert werden wollte? War es vielleicht anders? War es nicht viel wahrscheinlicher, dass ihn die reaktionären christlich-sozialen Banden traumatisiert hatten, und musste er das jetzt sachlich begründen, wenn er doch in seinem eigenen Buch tun und lassen konnte, was er wollte? Und stellte er immer so viele Fragen, um die Antworten am Dummherumquatschen zu hindern?

Die Probleme mit seinem Vater waren für ihn eigentlich nichts Besonderes. Die meisten seiner Freunde und Kumpels hatten Probleme mit den Eltern, vor allem mit den Vätern, obwohl ihre Väter in der Regel eine Generation jünger waren als sein Vater und nicht im Krieg für Nazideutschland gekämpft hatten. Diese Männer kommandierten gern, das war alte Sitte und alte Schule, der Mann war Familienvorstand. Aber es gab eben diesen einen Unterschied: Wenn die Jungs Probleme machten, mussten sich die anderen Väter nicht fragen, von welchem Bastard der Sohn das böse Blut vererbt bekommen hatte, denn es war ja ihr eigenes Blut … Er wünschte sich eine Aufzeichnung von einer der Auseinandersetzungen mit dem Papa, um zu sehen, wie verzerrt, falsch, genau oder beschönigend seine Erinnerungen waren. Um zu sehen, ob sein Eindruck richtig war, dass er ihm extreme Probleme bereitet hatte. [*wer wem?*]

Antisozialarrogante Schriftsteller:innen und extremexzentrische Musiker:innen hatten ihn automatisch traumatisch beschädigt und auf schiefe Bahnen geworfen. Das waren die harten Fakten hinter den Sätzen, die er an jedem neuen Tag umschreiben wollte. (Ende der Diskussion. Danke. Wegtreten!)

Eine entfernte Verwandte hat Selbstmord begangen (wohl eher nicht *den Freitod gewählt*, wie es Jean Améry nannte). Wenige Tage vor ihrem fünfzigsten Geburtstag. Depressionen, hieß es. Er hatte sie nicht gut gekannt, wusste nichts davon: Als Teenager hatte sie ihr Baby zur Adoption weggegeben (wohl eher nicht *freigegeben*), beziehungsweise weggeben müssen, sie wurde von ihren sehr christlichen Eltern unter Druck gesetzt. In einem Heim woanders untergebracht, als ihr Bauch dicker wurde. Große Schande, 1980. Einige Wochen nach ihrem Tod sah sich ihr Mann an, auf welchen Seiten sie im Internet in den Tagen und Stunden vor ihrem Selbstmord gewesen war. Seiten, die mit Adoption zu tun hatten. Sie wollte dieses Kind ausfindig machen.

Im Verlauf einer Frankfurter Buchmesse lernte er den deutsch-türkischen Kollegen Jamal Tuschick kennen. Sie schrieben damals, Ende der Neunziger, viel für das Feuilleton einer kommunistischen Berliner Tageszeitung, waren jedoch eher Typen, die zwar links, aber keiner Linie treu und keiner Partei und Ideologie hörig waren, sondern so was wie nihilistische Ex-Punks, mit denen, wie man so sagt, kein Staat zu machen war [*geht das nicht klarer?*]. Antifaschismus war die Verbindung …

Er traf Jamal Tuschick also *endlich mal in Ruhe* im Frankfurter Bahnhofsviertel (das übrigens der primäre Grund war, warum Jakob Arjouni Frankfurt als einzige deutsche Großstadt eingestuft hatte), denn dort sei es am sichersten, meinte Jamal grinsend, weil *sie* dort doch schon alles unter Kontrolle hätten. Deutschtürke Tuschick wurde und wird (wie die Kollegen Selim Özdoğan, İmran Ayata oder Feridun Zaimoglu) von des Deutschen besonders Mächtigen gerne mehr oder weniger freundlich dafür gelobt, dass er gelernt habe, ein geradezu perfektes, fast schon vollkommen akzentfreies Deutsch zu sprechen: immer eine scharfe Beobachtung, weil er nämlich überhaupt keinen Akzent hat, außer wenn er sich gehen lässt und in den für Deutsche von woanders schwer verständlichen Dialekt aus seinem hessischen Herkunftsort Kassel verfällt ... »Wie viel Stolz und Verachtung sind an mir schon vorbeigezogen, um schließlich als Kneipendreck bitter zu enden«, heißt es am Ende seines ersten Romans *Keine große Geschichte* ... Jamal erzählte damals, dass er diesen Roman abgeschlossen und bei Suhrkamp untergebracht habe und zurzeit damit beschäftigt sei, eine Anthologie mit Texten von deutsch schreibenden, aber nicht reindeutschen Autor:innen zusammenzustellen. [*gab es damals noch keine »biodeutschen«?*]

»So 'ne Kanaksterversammlung, wenn du weißt, was ich mein.«

Mit Feridun Zaimoglus Buch *Kanak Sprak* waren die Deutschtürken der Hip-Hop-Generation auf der Landkarte der deutschen Literatur aufgetaucht, wenigstens auf deren Rückseite. Aus der Kanaksterecke zu schreiben war allerdings noch jahrelang eine exotische Nummer, und mit wenigen Ausnahmen konnten diese Autor:innen von der Aufmerksamkeit, die diese Schublade heute bekommt, nur träumen.

»Kanaksterversammlung, gute Idee«, sagte er zu Jamal – und fügte hinzu, er wäre übrigens auch nur ein halber Deutscher, die andere Hälfte persisch.

»Wie bitte!«, schrie Jamal. »Das glaube ich nicht, du bist doch ein waschechter Bayer!«

»Eigentlich schon«, sagte er. Er sei eben als Baby von seinen bayerischen Eltern adoptiert worden, sein leiblicher Vater sei jedoch ein Perser, den er nie kennengelernt habe, genauso wenig wie diesen Iran: »Das interessiert mich alles überhaupt nicht, ist so, was soll ich machen?«

»Ich sag dir, was du machen sollst, Alter, du musst bei dem Buch mitmachen, du schreibst was, ganz klar, Mann, du bist dabei.«

»Nein, das geht nicht, ich gehöre da nicht dazu, da geht's doch um was anderes.«

»Nein, Mann! Du bist doch das beste Beispiel, dass diese Blut-und-Boden-Denke totaler Quatsch ist. Du bist ein Kanake, der kein Kanake ist! Und deshalb gehörst du dazu, weißt du, was ich mein?«

»Ich denk mal drüber nach, du Gastarbeiter, mehr ist nicht drin.«

Er dachte nicht drüber nach. Er fand die Position, die ihm der Kanaksterfreund zugewiesen hatte, großartig: ein Kanake, der kein Kanake ist. Er war vierzig, als in der von Jamal Tuschick 2000 herausgegebenen Anthologie *Morgen Land* erstmals seine unreindeutsche Herkunft genannt wurde. Auf die Idee, sich fortan als Kanaksterautor zu sehen und anzubieten, kam er jedoch nicht – *leider* oder *zum Glück?* Wie er auch jetzt nicht auf die Idee kam, an seiner Kurzgeschichte für die Anthologie – von der er nach so vielen Jahren nur noch wenig im Kopf hatte und die er staunend wieder las – etwas zu ändern. Es gab Dinge, an denen sich nie mehr etwas ändern ließ, und das galt auch für gewisse Texte wie diesen mit dem Titel »Opfer«:

Oben auf der Erde schien die Sonne, unten im Keller herrschte die Finsternis, und in der Mitte war ich. Ich stieg die Treppen langsam hinunter und starrte in das schwarze Loch, bemüht, kein Geräusch zu machen, und bereit, schnell zu verschwinden, falls von dort unten ein ungutes Geräusch kam.

Ich hatte die Anweisung, kein Licht im Keller zu machen; sollte ich mich nicht daran halten, würde ich keine Informationen bekommen und keine weitere Verabredung. Obwohl ich durchschaute, dass das keinen anderen Sinn hatte, als schlechte Stimmung zu verbreiten, funktionierte es. Ich kannte die Leute, die am Ende des Kellergangs auf mich warteten, aber nicht gut genug, um sicher zu sein, dass sie einen Verstoß gegen ihre Regeln hinnehmen würden. Ich machte kein Licht. Dieser Mann im Bauch des Wals hatte auch kein Licht gehabt, sein Glück, sonst wäre er vor Schreck gestorben. Ich war schon oft in diesem Keller gewesen, ich kannte den Weg. Es war so wahrscheinlich wie die unbefleckte Empfängnis, dass sie inzwischen eine Falle gebaut hatten, vielleicht eine Grube, in der Flaschen standen, denen sie die Hälse abgeschlagen hatten.

Unten angekommen, blieb ich in der Ecke stehen. Meine Augen sollten sich an die Dunkelheit gewöhnen, ich hatte noch zwei Minuten. Durch die Holzverschläge, die zu den Mietwohnungen gehörten, kam etwas Licht von den Kellerfenstern in den Gang. Wie immer, wenn ich in einem Keller war, und selbst wenn er aussah wie eine gute Wohnung, dachte ich an den Spruch von den Leichen im Keller. Was ich roch, war sicher kein Leichengeruch – aber dass es der Geruch war, der gerade erst angefangen hatte, sich aus einem gut verschnürten Plastiksack zu befreien, konnte ich nicht ausschließen, ich hatte keine Erfahrung damit.

Diese Holzverschläge waren wie Käfige gebaut. Zwischen den senkrecht genagelten Latten war eine Lücke, so breit wie zwei Zeigefinger. Kein Mensch hat je herausgefunden, warum die Leute, die diese Wohnblocks bauten, immer diese Käfige in den Keller stellten, immer mit diesen Lücken zwischen den Latten, die immer senkrecht, nie waagrecht genagelt waren. Die meisten Käfige waren von innen verkleidet, mit Stoff, Pappe oder wieder Holzlatten, als sollte man auf die Idee kommen, dahinter könnte etwas sein. Die Vorhängeschlösser aber sahen nicht so aus, als hätten sie eine wichtige Aufgabe. Von draußen hörte ich schreiende Kinder und dann, wie ein Moped im Leerlauf immer wieder vollgas aufgedreht wurde – wie ein Signal, es endlich zu erledigen.

Ich klopfte zweimal kurz und zweimal lang an die Stahltür. Sie wurde zuerst nur einen Spalt geöffnet, dann packte mich jemand an der Schulter und zog mich hinein. In jeder Ecke des fensterlosen Raums brannte eine Kerze, und in der Mitte saß eine Gestalt, die ich kaum erkennen konnte, an einem Tisch, auf dem irgendein Licht zitterte. Es roch nach Öl. Und nach Weihrauch. Der Türsteher war ganz in Schwarz, mit Handschuhen, Wollmütze und einem Tuch über Mund und Nase. Er gab mir einen groben Stoß in den Rücken, ich sollte mich an den Tisch setzen.

Die Person mir gegenüber war ebenso vollkommen in Schwarz.

Ihr Gesicht war unverhüllt und eingerahmt von einer Kapuze. Die Lippen waren schwarz, und ein Punkt war in der Mitte der Stirn. Sie trug eine Kette um den Hals; zwischen den Brüsten eine handtellergroße Silberscheibe mit einem roten Stein in der Mitte.

Sie hob das Kinn und fragte: »In wessen Namen bist du gekommen?«

»Im Namen des Satans«, sagte ich. Für den, der das Passwort nicht kannte, war der Weg hier zu Ende.

»Was willst du?«

»Sieh in die Zukunft für mich.«

Ich legte das Geld auf den Tisch – sie legte einen Finger darauf und zog es auf ihre Seite. Es war nicht angenehm, ihr in die Augen zu sehen. Vielleicht würde ich ihr morgen draußen in einem weißen Kleid begegnen und sie würde lachen und mit den Kindern Ball spielen, aber hier unten – ich hatte es nicht wirklich geglaubt – war sie des Satans beste Sklavin, und ihre Stimme war plötzlich düster und alt. Es war nicht so lustig, wie ich's mir vorgestellt hatte. Ich wollte möglichst schnell wieder zurück an die Erdoberfläche – ohne sie zu verärgern. Den Job, ihnen ein paar neue Tassen in den Schrank zu stellen, konnten andere übernehmen.

»Bist du bereit, IHM dafür deine Seele zu schenken?«

»Ich bin bereit.«

»Es ist gefährlich, wenn du nicht wirklich deine Seele IHM zu schenken bereit bist. Es ist kein Spiel.«

»Ich weiß, dass es kein Spiel ist, ich bin bereit.«

»Es hat Unglücksfälle gegeben. Sie haben sie für eine Laune der Natur gehalten. Es war aber keine Laune der Natur. Es mag dir möglich sein, mich zu belügen, aber unmöglich ist es, den MEISTER zu belügen.«

»Ich weiß, ich bin bereit.«

»Auf die Dinge, die dann passieren, habe ich keinen Einfluss, ich bin nur SEIN Instrument.«

Ich erinnerte mich an die Sache mit Gott. Sie erzählten dir, er könnte dich überall und jederzeit beobachten und sowieso wüsste er alles. Eines Tages hatten wir uns ein kleines Holzkreuz besorgt, an dem sogar eine Christusfigur angebracht war. An einem sicheren Ort hatten wir dann zu fünft auf das Kreuz gepinkelt. Eine Woche lang erwähnten wir es jeden Tag – mit den Zähnen klapperten wir vor Angst, aber als dann immer noch keiner von seinem starken Arm gepackt und in die ewige Finsternis geschleudert worden war, vergaßen wir die Sache. Ich musste erst wieder daran denken, als zehn Jahre später einer der Beteiligten von einem Auto totgefahren wurde.

»Alle Macht ist bei IHM«, sagte sie.

Ich fragte mich schon seit einigen Jahren, was der Sinn des Lebens sein mochte – aber hier ging es einfach nur darum, herauszufinden, was alles von dem, was sie behaupteten, blanker Unsinn war. Ich war nur hier, weil ich wissen wollte, was sie den Leuten, die sie aufsuchten, erzählten.

»Schieß schon los, ich bin bereit, und meine Seele soll IHM gehören«, sagte ich.

Das seltsame Licht auf dem Tisch, das ich zuerst nicht erkannt hatte, das war eine Kerze in einer blau bemalten Glaskugel. Oben hatte die Kugel ein Loch von der Größe eines Fünfers. Sie klappte eine Blechdose auf, in der vielleicht Zigarillos gelegen hatten, griff mit Daumen und Zeigefinger hinein und streute dann etwas durch das Loch in der Kugel – es knisterte wie verbrennendes Haar und rauchte ein wenig.

Es war der Geruch nach Weihrauch. Sie wies mich an, meine Hände seitlich an die Kugel zu legen. Sie erhob sich, legte ihre Hände auf meine und beugte sich so über die Kugel, dass die Silberscheibe an ihrer Kette über dem Loch der Kugel baumelte. Sie murmelte etwas, das den Klang eines Gebets hatte. Ich sah den roten Stein in der Mitte der Silberscheibe an, die vor meinen Augen schaukelte – ich hatte Lust, meine Zunge auszustrecken und den roten Stein zu treffen. Die Hitze an meinen Händen wurde langsam unerträglich. Den Aufpasser hinter mir hörte ich atmen. Sie nahm die Scheibe in beide Hände, küsste sie und drückte mir dann den roten Stein so schnell und heftig an die Lippen, dass ich zurückzuckte vor Erschrecken und Schmerz und meine Hände unter ihren wegzog. Ihre Hände strichen über die Kugel, die Augen geschlossen, sie stöhnte leise.

»Ich sehe ein großes Haus«, sagte sie, »du sitzt in einem großen Zimmer an einem Tisch. Du schreibst etwas auf ein Blatt Papier. Was, das kann ich nicht sehen. Du bist ein großer Lügner. Und es bereitet dir sogar viel Vergnügen, dass du ein großer Lügner bist. Moment mal – ja, du hast Probleme deswegen. Ich kann nicht erkennen, welche – aber du beseitigst die Probleme durch mehr Lügen. Du machst das gut, du bist irgendwie erfolgreich damit. Das große Haus gehört dir – ich seh' auch einen großen Garten, mit einer Mauer drum herum.«

Sie nahm die Hände von der Kugel und massierte ihre Schläfen. Sie stöhnte, es schien anstrengend zu sein. Ich holte Luft, um eine Frage zu stellen – sie stoppte mich mit einem scharfen Zischen. Sie berührte wieder die Glaskugel.

»Es gibt eine Krankheit, die immer wiederkommt. Es ist nichts Schlimmes. Wenn du immer auf SEINEM Weg bleibst, dann wird's dir niemals schlecht ergehen. Ah, ich sehe, dass du Glück mit den Frauen hast!« Sie lachte, und ich hatte das Gefühl, dass sie mir nicht alles sagte. »Du bist ein schlimmer Kerl, der Erfolg hat und von tollen Miezen umgeben ist. Da, da ist irgendwas – du musst aufpassen, aber ich kann nicht erkennen, wie alt du dann sein wirst, eine Frau mit roten Haaren, wenn du sie triffst, dann sei vorsichtig. Sie ist eine tolle Drecksau. Ich glaube, sie ist ein Geschenk des MEISTERS.«

Ich hatte mir schon oft die Zukunft ausgemalt. Oft hatte ich dabei Massen gesehen, die mir zujubelten, aber wenn ich versuchte, realistisch zu sein, dann waren die Bilder nicht so gut wie die, die sie gesehen hatte. Sie und ihr Glaskugelkram, das war Humbug, aber ich hatte nichts dagegen, wenn es so kommen würde. Sie lehnte sich im Stuhl zurück und schaute mich mit großen Augen an – als hätte meine Zeit mit den tollen Miezen soeben begonnen.

»Halt«, sagte ich, »wie lang werde ich leben, und wie werde ich sterben, sag mir das!«

»Es ist vorbei«, sagte sie.

Ohne mich aus den Augen zu lassen, schenkte sie ihrem Meister wieder etwas Gemurmel, und dann führte sie mit beiden Händen die Silberscheibe zum Mund und küsste den roten Stein, ihre Augen auf meine gerichtet. Sie stand auf und ging feierlich um den Tisch herum, ich sollte mich erheben und ihr nachsprechen.

»Dem MEISTER übergebe ich meine Seele, meinen Geist und meinen Körper.«

Ich wiederholte es. Sie hielt mir die Silberscheibe nah an den Mund, ihr Gesicht so nah an meinem, dass ich es spürte wie einen Magnet. Ich fühlte, wie ich in Flammen stand. Ich küsste den roten Stein – und spürte im selben Moment ihre Hand zwischen meinen Beinen.

»Sehr schön«, sagte sie, »das ist der beste Beweis, dass du IHM wirklich ganz gehören willst.«

Sie öffnete meinen Reißverschluss. »He«, sagte ich, aber sie sagte, das gehöre dazu. Ich hatte irgendwas mit Blut erwartet oder einen Daumenabdruck auf einem Papier. Jetzt wusste ich, warum ich den Eindruck gehabt hatte, dass sie mir irgendwas verschwiegen, als sie mir davon erzählten. Und sie sagte auch, ich müsse es für mich behalten, sonst würde der Meister sehr böse werden. Sie nahm ein Glas vom Tisch und hielt es vor mich hin. Ich sah mich nach dem Türsteher um – er beobachtete uns, und dann stellte sie sich so, dass sie zwischen uns stand. Sie sagte, ich müsse es selbst machen, aber sie würde mir dabei helfen, und ich müsste sie dabei ansehen. Sie half mir dabei, indem sie ihre Hand um meine legte. Ich schoss ins All hinaus – wir sahen uns an dabei, und als es endlich so weit war, machte sie den Mund weit auf und lächelte.

Sie setzte sich wieder auf ihren Stuhl. Sie sammelte Speichel im Mund und spuckte ihn in dieses Glas. Sie gab etwas Pulver dazu und kippte einen Schuss aus einer kleinen Flasche hinein, die sie unter dem Tisch vorholte. Sie fummelte mit einer Hand unter ihrem schwarzen Umhang herum und rührte dann mit dem Zeigefinger derselben Hand im Glas.

»Denn SEIN ist das Reich und die Kraft und die Herrlichkeit«, sagte sie und hielt mir das Glas hin.

Ich hatte Limonade im Glas, als ich zwei Stunden später mit meiner Mutter beim Abendessen saß. Ich war schweigsam, ich kam mir immer noch vor wie in der Dunkelheit. Ich spürte immer noch ihre Hand an meiner Hand.

»Worauf wartest du denn«, fragte sie. Ich legte mir ein paar Sachen auf den Teller. Ich durfte nicht zu trübsinnig wirken, sonst fing sie zu bohren an, und das konnte sie gut.

»Ich hab' dich gesucht irgendwann am Nachmittag, aber du warst verschwunden.«

»Wir haben im Keller gespielt.«

»Aber nicht in unserem?!«

»Im alten Ölkeller.«

»Ihr habt hoffentlich keinen Unsinn gemacht.«

Ich musste aufpassen, dass ich keine komischen Sachen erfand, sondern einfach nur die richtigen wegließ, und dass ich nicht zu schnell damit rausrückte, denn sie hatte nicht mehr viel Zeit, bis sie zur Arbeit musste.

»Wir haben Zukunft gespielt.« Ich beschrieb die Kerzen in den Ecken, die Glaskugel, das Pulver, Formeln, die ich selbst nicht kennen würde, Stille, Konzentration.

»Klingt ja richtig spannend«, sagte sie, »und, wie sieht's denn aus bei dir?«

Ich zählte alle Sachen auf, die ich eines Tages besitzen würde und die eines gemeinsam hatten, alle waren sie groß, das Haus, der Garten, die Mauer, die Autos. Sie war begeistert und meinte, sie könnte es kaum erwarten. Weil sie dann doch mit der Arbeit aufhören könnte. Ich war nicht so begeistert.

»Was ist los?«, sagte sie. »Ist da vielleicht kein Platz für mich? Ich hab schon verstanden, sie hat nur dich allein gesehen in deinem schönen, großen Haus, aber mich nicht. Das heißt, ich bin in unserer schönen, großen Wohnung bis zum bitteren Ende, aber ich will dir was verraten, damit hab ich mich schon längst abgefunden.«

Es war eine der Situationen, in denen innerhalb von Sekunden aus Spaß Tränen werden konnten – und ich sagte, dass man diesen Kram doch nicht ernst nehmen könnte, aber wenn es eines Tages doch passierte, dann hätte sie dort natürlich das Kommando über Küche, Garten, Angestellte, einen eigenen Wagen und doppelt so viel Taschengeld wie jetzt Monatslohn.

»Weiß ich doch«, lachte sie. »Und wie schaffst du das eigentlich, hat sie das auch gesehen?«

»Nicht genau, Sportartikel wahrscheinlich.«

»Also, Mensch«, sagte sie, »vielleicht soll man das doch nicht so abtun!« Ich war durchgekommen – sie legte ihr Messer quer über den Teller. »Weißt du was, ich glaube, sie muss demnächst mal einen Blick in meine Zukunft werfen.« Sie trank ihr Glas aus.

Es war kurz vor sieben. Den Tisch abzuräumen und die Küche sauber zu machen war meine Aufgabe. Sie ging ins Bad, um sich für die Arbeit fertig zu machen, unter den Armen zu waschen, Zähne zu putzen; Lippenstift, Schminke, Lidschatten, Haare, dann Umziehen im Schlafzimmer. Sie verabschiedete sich in einer kleinen Wolke aus Parfüm und Haarspray.

»Wieso hast du eigentlich schlechte Laune, bei deinen Zukunftsaussichten?«, sagte sie.

»Ich bin nur müde.«

»Was war los im Keller?«

»Nichts.«

»Du lügst, spuck's aus, was war los!«

»Ich hab den Fünfer verloren, den du mir gegeben hast.«

Geld sinnlos ausgeben oder verlieren, das brachte sie leicht in Wut, und ein Fünfer war für uns keine Kleinigkeit; ich bekam einen pro Woche, und ich hatte einige Freunde, die mich darum beneideten. Sie holte ihren Geldbeutel aus der Handtasche und legte einen neuen Fünfer auf den Tisch.

»Hab mir schon gedacht, dass sie's nicht umsonst macht«, sagte sie. »Würde ich auch nicht tun.«

Ich schaute aus dem Fenster, es war Sommer, und im Hof waren viele Leute. Auf den Bänken vor den Eingängen saßen die Alten. Die Kleinen spielten im Sandkasten, in der Nähe rauchten ihre dickärschigen Mütter. Ein paar von meinen Leuten hatten eine Besprechung bei den Mülltonnen, und die kleine Schnalle des Teufels lag mit Freundinnen auf einer Decke. Als meine Mutter aus dem Haus kam, winkten sie sich zu.

Ich überlegte – was machte sie eigentlich, wenn eine Frau im Namen des Satans kam, um sich die Zukunft weissagen zu lassen?

Der Reporter ging jeden Morgen stolz den Hügel hoch und durch ein schmales Tor in der mittelalterlichen Stadtmauer bis zur 710 Meter über dem Meeresspiegel gelegenen Stadtmitte.

Die Sonne brannte unbarmherzig herab auf die Guten und die Bösen.

Der Reporter ließ sich auch von billigen Bibelsprüchen nicht davon abhalten, sich an seiner Zigarette die nächste anzuzünden. Auf gute Ratschläge von Jesus konnte er verzichten. Er war jedoch fast bereit, alle seine Überzeugungen für eine Tasse starken schwarzen Kaffee aufzugeben.

Misstrauisch schaute er die Straße rauf und runter. Er war nicht mehr sicher. Nichts war mehr sicher, seit korrupte Politiker die Stadt beherrschten.

Er fluchte, weil sein Hemd durchgeschwitzt war, ehe er an seinen Schreibtisch kam, um eine weitere Story, die einigen Leuten den Atem rauben würde, in seine massive alte Schreibmaschine zu hämmern – ohne sich von den hübschen Beinen der Sekretärin mit den langen schwarzen Haaren allzu sehr ablenken zu lassen.

Sie beachtete ihn nicht. Und er beachtete sie nicht, wenn sie ihn nicht beachtete. Er hatte schon mehr als genug zu beachten. Sie würde ihn erst beachten, wenn er mit einer Kugel im Bauch vor dem Zeitungshaus auf der Straße lag. Dann musste sie sich einen anderen suchen, der nichts Besseres zu tun hatte, als ihre Tränen zu beachten …

So fühlte er sich, wie einer dieser harten Kerle, unbestechlichen Reporter, furchtlosen Abenteurer, die er schon in so vielen Büchern getroffen hatte – er war achtzehn und hatte in den Sommerferien bei der örtlichen Tageszeitung einen Ferienjob, der eine stärkere Wirkung auf ihn hatte als alle Klischees von Rock 'n' Roll zusammen. Obwohl diese Klischees viel stärker zu sein schienen: Sein Papa hatte einen Tobsuchtsanfall bekommen, als er in seinem Zimmer mit vierzehn zum ersten Mal eine Beatles-Platte aufgelegt hatte, und hatte auch von der Mama nicht beruhigt werden können. Rock 'n' Roll und die Bilder, die er produzierte, waren das Böse schlechthin und das Gegenteil des ordentlichen Wegs, den der Adoptivsohn einzuschlagen hatte – gegen dessen Ferienjob bei der Zeitung, die ja auch zu Hause täglich auf dem Tisch lag, gab es jedoch nichts einzuwenden – eine grandiose Täuschung, die der junge Ferienreporter nicht korrigierte … Für die Schülerzeitung hatte er bereits Hymnen auf die kommunistischen Liedermacher Franz Josef Degenhardt und Wolf Biermann verfasst, was seine Anstellung verhindert hätte, wenn die Chefs der Zeitung davon gewusst hätten. Seine Hauptaufgabe als Aushilfsreporter im Sommerloch war nicht revolutionär: Er musste morgens dreihundert Meter zur Polizeistation gehen und dann die neuesten Vorfälle und Verbrechen abschreiben, die ihm in dem leeren Verhörzimmer in einem Ordner mit der Aufschrift *Presse* auf den Tisch gelegt wurden. In der Redaktion würde er sie aus dem Polizeideutsch übersetzen und in Form bringen. Er war kein unterdrückter Schüler mehr, sondern Polizeireporter! Und hatte bald die Fähigkeit, zwanzig Zeilen über geklaute Autoreifen zu schreiben! Es gab in diesem August 1978 nur einen spektakulären Fall, den der Chefredakteur von ihm übernahm und so umschrieb, dass er groß auf der Titelseite knallte: ein Auffahrunfall mit drei Autos, den eine ausgebrochene Kuh verursacht hatte, ohne dass jemand verletzt wurde.

Es machte ihm dennoch keine schlechte Laune, dass er sich

in diesem Sommerloch nur im Traum als toller Reporter aufspielen konnte. Sein Glück war, dass der Stellvertreter des Chefredakteurs sein Betreuer war und sich verpflichtet fühlte, ihm ein guter Ausbilder zu sein. Er behandelte den Jungen nicht wie den Aushilfsdeppen, sondern wie den Nachwuchsjournalisten, dem er alles beibringen musste (unter anderem auch dass es nicht reichte, mit achtzehn Charles Bukowski und Herbert Achternbusch gelesen zu haben). Der Stellvertretende war Mitte dreißig, ein hektischer Schnellsprecher, immer in Bewegung, zuständig für Sport und die unwichtigeren Felder der Stadtpolitik – also jenseits der CSU, die die Stadtpolitik beherrschte und vom Chefredakteur betreut wurde, falls sich nicht in besonderen Fällen der Besitzer der Zeitung höchstpersönlich der christlich-sozialen Sache annahm: ein honoriger Bürger, der nur mit den höchsthonorigsten Männern verkehrte. Der Stellvertretende war außerdem für das meiste vom Rest zuständig, er war der Schwerstarbeiter bei der Zeitung und nahm auch noch, was er nicht musste, »seinen« Aushilfsjungen mit, der die ganze Bandbreite der lokaljournalistischen Arbeit mitkriegen sollte, sei es ein brennender Bauernhof in Birkland, die Eröffnung einer neuen Minigolfanlage oder eine Stadtratssitzung, wo er ihn den sozialdemokratischen Provinzstrategen in aussichtsloser Opposition als den neuen Kollegen vorstellte. Nachher gingen sie in eine Wirtschaft, der Ausbilder gab eine Halbe aus und erzählte, was hintenrum ablief. Eigentlich lief alles immer hintenrum ab. Die Stadt war davon geprägt, dass Franz Josef Strauß seine Politkarriere hier begonnen hatte und sie noch immer zu seinem Wahlkreis gehörte – sein Ausbilder war jedoch, das war die größte Überraschung, ein sozialistischer Sozialdemokrat, und das bei einer Zeitung, die sich am äußersten rechten Rand der CSU positionierte, und sein Verhältnis zu Chefredakteur und Herausgeber war ein kalter Waffenstillstand. Nur die beiden Chefs hatten eigene Büroräume. Das Büro des Herausgebers und Besitzers, das eher selten von ihm besetzt wurde, war nicht einsehbar, und der Stellvertretende zeigte dem neuen Aushilfspolizeireporter an einem seiner ersten Tage das imposante Büro, das zu einem Oberförster gepasst hätte, und den halb durchlässigen Spiegel an der Innenseite der Tür, durch den der Zeitungsbesitzer den Raum mit den Angestellten heimlich beobachten konnte.

»Mit solchen Typen hab ich es hier zu tun«, sagte der sozialistische Stellvertretende, »aber im Moment geht's nicht anders, ich weiß nicht, wo ich sonst arbeiten soll.«

Der Junge hatte nicht damit gerechnet, den Ferienjob bei der Zeitung zu bekommen. Einige Monate zuvor war er mit Freunden nachts zum Haus des verhassten reaktionären Chefredakteurs gegangen, nachdem dieser in einem Kommentar gefordert hatte, in Sonderfällen die Todesstrafe wiedereinzuführen und inhaftierte RAF-Mitglieder an die Wand zu stellen. Sie warfen Steine an die Fensterläden und brüllten: Komm raus, du rechte Sau! Als sie keine Reaktion bekamen, zogen sie weiter, ohne sich um eine sichere Flucht zu kümmern, die es ohnehin nicht gab: wenige Häuser an einer kleinen Straße, nur Äcker drum herum. Sie waren noch voller Begeisterung über ihren mutigen Widerstand, als sie schlagartig von den Scheinwerfern zweier Streifenwagen angestrahlt wurden, die sich unauffällig genähert hatten und jetzt Motoren und Sirenen aufdrehten. Nach einer filmreifen Vollbremsung stiegen die Polizisten ganz locker aus und riefen den beiden Helden aus der Gruppe, die in einem nassen Acker davonlaufen wollten, belustigt nach, sie sollten mit dem Unsinn aufhören und zurückkommen. Der gute Rat wurde sofort angenommen. Die Ordnungshüter musterten die achtköpfige Bande gelassen, vollkommen sicher, dass diese Jungs erheblich, doch nicht ausreichend alkoholisiert waren, um ihnen Ärger zu machen. Die Bullen kamen ihnen mit lockeren Sprüchen: Wenn man schon mal zu tief ins Glas schaut, dann sollte man sich aber nicht genau mit dem Falschen anlegen, meine Herren. Dem habt ihr einen schönen neuen Artikel geliefert, und lasst euch dann auch gleich noch erwischen, bravo! Die politisch motivierten Jungs nickten betreten, sie hatten sich dämlich angestellt; wurden sogar von den Bullen beruhigt, alles halb so wild, erst mal passiere gar nichts, ob sie die Eltern benachrichtigten, würden sie morgen besprechen, sonstige Folgen waren abzuwarten, im Moment nur von allen die Personalien, bei dieser Kälte bitte etwas flott, die Herren. Die Personalienaufnahme war gerade erst angelaufen, da kam schon der Chefredakteur in seinem schweren BMW, eine geballte Ladung Aufregung, unter dem Mantel der Schlafanzug: Jetzt ist sie da, die rechte Sau!, bellte er die Jungs an. Aber sie waren nicht mehr in der Stimmung, mit ihm zu diskutieren.

Der Journalist beschwerte sich bei den Polizisten, dass sie diese Anschläger nicht mit- und nur ihre Personalien aufnehmen wollten. Sie winkten ab, alles im Griff. Er redete massiv auf die Polizisten ein, machte aus den Steinen gegen geschlossene Fensterläden einen lebensbedrohlichen Angriff. Beeindruckte die Polizei nicht. Die Jungs grinsten. Der Chefredakteur wandte sich murrend von den Beamten ab, fing an, seinen Job zu machen, musterte jeden der Täter, schoss atmosphärische Fotos, linke Jugendliche im Scheinwerferlicht der Streifenwagen, kampfbereite Polizeibeamte in den Atemwolken der kalten Aprilnacht – von denen der Journalist auch noch ermahnt wurde, dass die Jungs auf den Fotos in der Zeitung nicht zu erkennen sein dürften. Der oberste Pressemann der Stadt zog ab, aufgebracht vor sich hin schimpfend, dass ihn die Polizeibeamten so despektierlich behandelt hatten.

In seinem Bericht (aus erster Hand!) untermauerte er dann wie erwartet seine Ansicht, dass die linke Jugend eine Gefahr für den Rechtsstaat sei und nicht vor Gewalt zurückschrecke, was er nun am eigenen Leib in erheblichem Ausmaß zu spüren bekommen habe, wie auch eine nachlässige Polizeiarbeit, die diese Gewaltbereitschaft geradezu sträflich unterschätze.

Große Überraschungen gab es nach dieser alkoholgetriebenen Aktion dennoch: Den beteiligten Polizisten gelang es, den »Anschlag« so perfekt kleinzuhalten, dass er folgenlos blieb. Ihre Begründung war Fairness, denn einer der beteiligten Jungs war der Sohn eines Polizisten und sie wussten, dass er von seinem Polizeivater viel härter als die anderen bestraft würde, und das fanden sie ungerecht. Ebenso überraschend war, dass der strenge Papa seinen Adoptivsohn, dessen Beteiligung er irgendwie trotzdem mitbekam, nicht bestrafte, weil

Jungs eben so was machten und weil er diesen Chefredakteur genauso wenig leiden konnte, obwohl er ebenfalls *die Partei* wählte und für die Wiedereinführung der Todesstrafe war; seltsam. Und die Überraschung, dass der Chefredakteur vier Monate später, als ihm der neue Aushilfspolizeireporter vorgestellt wurde, ihn nicht wie befürchtet als einen der üblen Jungs identifizierte und ablehnte, obwohl er alle genau gemustert und fotografiert hatte. Anders die Polizisten, als die Aushilfe erstmals auf die Dienststelle kam, um sich nach den neuesten Verbrechen zu erkundigen: Sie erkannten ihn sofort und fanden es lustig, wohin es ihn verschlagen hatte, und einer von ihnen fand es nicht nur lustig, sondern sagte zu ihm, aha, jetzt arbeiten wir also für die rechte Sau, so schnell kann's gehen … Aber der Junge war noch nicht so weit, dass er schon so weit gedacht hätte, verstand aber, dass er sich durchaus etwas schämen könnte, und er sollte die messerscharfe Bemerkung nie vergessen. Eine Lektion fürs Leben: Schreib nicht für jeden, nur weil du schreiben willst. Und schon wieder wurde er von keinem der Bullen verraten, und es sah zweifellos so aus, als wäre der erste Journalist des Landkreises bei der Polizei nicht sehr beliebt. (Wahrscheinlich hatte der Junge diese Erlebnisse im Kopf, als er später selbst nach miesen Ereignissen die unter Punks und linken Jugendlichen beliebten Slogans wie »Polizei-SA-SS« oder »All Cops Are Bastards« unberechtigt und dumm fand, wie man ja auch wusste, dass es Punks gab, die »no future« deklamierten und brav studierten oder mit reichlich Elterngeld im Rücken in eine sichere Zukunft blickten.)

Diese kleine Angebergeschichte erzählte der Aushilfsreporter natürlich bald seinem Ausbilder, dem Stellvertretenden, und dessen Lieblingskollegen, einem jungen Drucker, der sich als Kommunist bezeichnete, und die beiden lachten sich kaputt und mochten den Jungen. Er sollte immer mitkommen, wenn sie fast täglich gemeinsam mittagessen gingen. Dann wurde über Marx diskutiert und über die dichtenden Anführer der bayerischen Räterevolution von 1918 gesprochen, Ernst Toller, Erich Mühsam, Oskar Maria Graf und wer sonst in den Lesebüchern »vergessen« worden war. Die Älteren wussten viel darüber, der Junge hatte wenig beizutragen außer Interesse, der Stellvertretende erklärte ihre Bedeutung für die Gegenwart: dass der Zeitungsverleger, dieser freundliche Unternehmer, seinen Angestellten zum Beispiel Kredite gab, die einfacher als bei der Sparkasse zu bekommen waren; aber tatsächlich schaut es doch so aus, sagte er, jetzt haben die Arbeiter sich ihr schönes Häuschen hingestellt, und wenn einer von ihnen einmal glaubt, er müsse jetzt sein Maul wegen irgendwas aufmachen, merkt er plötzlich, oho, ich habe ja einen Haufen Schulden beim Chef und mir auch sonst viel ans Bein gebunden, die Kinder kosten immer mehr, die neue Waschmaschine und ein größeres Auto sowieso, da musst du dich nicht wundern, wenn die alle Angst um ihren Job haben und keiner was gegen den Boss sagt, wenn was los ist, aber davon erzählen sie dir auf deinem Gymnasium natürlich nichts.

Mit ihren Lese- und Arbeitserfahrungen konnte der Junge nicht mithalten. War bemüht, mit kleinen Bemerkungen zu zeigen, dass er zu ihnen gehörte. Immerhin war er so finanzschwach, um in den Ferien malochen zu müssen. Und das immerhin auch schon einen Monat lang ab fünf Uhr früh am Fließband im örtlichen Butterwerk, wo er sich wie die Gastarbeiter:innen gegen die deutschen Kapos hatte verteidigen müssen. Immerhin, konnte er einwerfen, um literarische Defizite auszugleichen, war er sehr an Musik interessiert, die nicht als Beruhigungsmittel im Kapitalismus, sondern dem Kampf gegen die herrschenden Verhältnisse diente: eine steile Bemerkung, die die beiden nicht an Musik interessierten Sozialisten akzeptierten, und vor allem eine Bemerkung mit für ihn riesigen Folgen … In diesen Sommerferien meldete sich ein Konzertveranstalter bei der Zeitung, er benötige massive journalistische Unterstützung. Gegen alle Widerstände war es ihm gelungen, Genehmigung und geringfügige städtische Unterstützung für eine Jazzkonzertreihe durchzuboxen. Eine große Sache, weil dieser allein von seiner Leidenschaft angetriebene Jazzfan dabei nicht an einen Sonntagvormittag mit Dixieland-Jazz dachte, der zu dieser Pfaffenwinkel genannten Region gepasst hätte; er wollte nur wahre Größen engagieren, die aus der weiten Welt kamen und nicht billig waren. Das Fördergeld aus der Stadtkasse war kaum mehr als ein paar Tankfüllungen, die echte Subvention war ein passender, mietfreier Raum. Am Anfang der Konzertreihe eine Sensation: die Band des langjährigen John-Coltrane-Schlagzeugers, aus New York City The Elvin Jones Jazz Machine. Für den Erfolg waren vorab große Berichte in der Lokalzeitung nötig, denn wenn beim Konzert in der Aula der Hauptschule nur hundert Leute säßen, wäre der Veranstalter (im Gegensatz zu irgendwelchen Kulturbeamten) persönlich pleite und seine Konzertreihe schon beim Start beendet. Der

Jazzveranstalter, Anfang dreißig, elegant gekleidet, stand also eines Nachmittags in der Redaktion mit Papieren und Schallplatten unterm Arm, um für seine Sache zu trommeln, und es war natürlich der Stellvertretende, der sich die Zeit nahm, ihm ein paar Minuten zuzuhören. Der Stellvertretende machte ein ratloses Gesicht, wusste nicht, was man und vor allem wer etwas mit dieser angeblichen Konzertsensation anfangen sollte – und dann fiel sein Blick auf den Aushilfsjungen, der den Mann mit den Schallplatten schon beobachtete, und er erinnerte sich an die großspurige Aussage des Jungen beim Mittagessen. Er führte den Mann mit den Jazzschallplatten zum Schreibtisch des Polizeireporters und sagte zu ihm, du interessierst dich doch für Musik, du übernimmst das, du kriegst viel Platz. Für gewisse Leute hier ist das natürlich nur alles völliger Blödsinn, aber ich regle das, gute Sache, das wird klappen, kein Problem ... Der Junge konnte sein Glück nicht fassen; und bald ging es um mehr als nur Musik und Schreiben über Musik: Der Jazzveranstalter entpuppte sich als Verbündeter, kümmerte sich so wie der Stellvertretende um seine Ausbildung, sein Vorankommen, nahm ihn ernst, nahm die Tatsache ernst, dass der Junge seine noch wenigen Kenntnisse ausbauen wollte und dass sein Interesse, genau wie das Interesse des Jazzveranstalters, weit über den Ferienjob hinausging. Er belud den Jungen mit sorgfältig zusammengestellten Informationsbergen über Elvin Jones, über dessen Leitstern John Coltrane, ergänzt mit Artikeln über das Label Atlantic Records, das von dem türkischen Einwanderer Ahmet Ertegün gegründet worden war, und über Blue Note Records, das von zwei vor den Nazis aus

Berlin geflüchteten Juden gegründet worden war – die von ihren hauptsächlich afroamerikanischen Musikern nicht wie die anderen weißen Label-Bosse ertragen, sondern geliebt wurden … Und über all das und viel mehr musste man doch Bescheid wissen, ehe man die erste Zeile über Elvin Jones schrieb, das war klar, auch wenn es so wahnsinnig viel Stoff war, dass er nicht so schnell gelesen, verstanden, verarbeitet werden konnte … Der gute Wille zählte, das maßlose Interesse, das Verständnis, dass die scheinbar unendlichen Verbindungen wichtig waren … Und der Junge bekam nicht nur den nötigen Stoff, sondern etwas, mit dem er sich hervortun konnte und das er für sich allein hatte, denn in seiner Klasse und Clique interessierte sich niemand für dieses Zeug. Dieses Zeug, mit dem er neue Leute kennenlernte, die ihn sonst nicht beachtet hätten, und mit dem er lernte, kurze und lange Artikel über dieselbe Sache zu schreiben, außerdem Bildunterschriften, ein Interview mit dem Veranstalter und einen Konzertbericht, der – das hatte er noch nicht gewusst – was ganz anderes als ein Vorbericht war, weshalb er spöttisch erwähnen konnte, dass bei Elvin Jones' Jazz Machine einige im Publikum sich die Ohren zugehalten hatten. Erst später fiel ihm auf, dass er einen interessanten Artikel nicht geschrieben hatte, nicht weil er natürlich nicht gedruckt worden wäre, sondern weil er ihn nicht als möglichen Artikel erkannt hatte: wie er den Machine-Bassisten Andy McCloud in Papas sogenanntem »Metzger«-Mercedes 200 D vom Flughafen München abgeholt und ihn gefragt hatte, wie es denn so aussehe, das Leben in New York als berühmter Jazzbassist; und McCloud gesagt hatte: »I tell you what, man, in fucking New

York interessiert sich keine fucking alte Sau für unsere Musik, that's the way it is, brother, genau so sieht's aus und that's fucking shit, ganz ehrlich, Mann, ich erzähl dir keinen Scheiß.«

Dieses erste Konzert war ein großer Erfolg, es konnte weitergehen mit der Jazzreihe in der bayerischen Provinz, und der Junge konnte, nachdem er als Polizeireporter entlassen war, weiterhin über drei bis vier Jazzkonzerte im Jahr schreiben. Seinen geschätzten Förderer und Ausbilder bei der Zeitung, den sozialistischen stellvertretenden Chefredakteur sah er nach diesem Ferienjob nur noch selten, während der Jazzveranstalter sein Freund wurde. Sie gingen ins Café, und der Jazzdealer bezahlte immer, und er holte ihn von der Schule ab mit einer großen Opel-Limousine wie aus einem San-Francisco-Actionfilm der frühen Siebziger, und sie standen auf einem Parkplatz und hörten tausend Aufnahmen, die der Jazzneuling kennen musste, ehe er anfing, über Sun Ra und sein Arkestra zu schreiben, das nach eigenen Angaben vor langer Zeit *from outer space* auf die Erde gekommen war – eine phantastische Behauptung, mit der der Junge jedoch kein Problem hatte, schließlich fühlte er sich selbst wie aus einem *outer space* auf die Erde versetzt, wo er sich meistens wie ein Fremdling fühlte und zunehmend nicht zurechtzukommen schien (wobei er nie auf die Idee kam, die ebenfalls adoptierten *Superman* und *Spiderman* könnten Verwandte von ihm sein). Doch der von der Musik besessene erwachsene Freund hatte für den Jungen sogar eine noch größere Bedeutung: Denn dieser *Spinner mit seinem Jazz*, wie ihn sein Papa nannte, kam auch zu ihm nach Hause mit einem Stapel

Platten unterm Arm und hatte es sich geradezu zum Auftrag gemacht, dem Papa klarzumachen, dass er einen guten Jungen hatte, der mit seinem Schreiben seine Zeit eben nicht verschwendete, sondern wichtige kulturelle Pionierarbeit leistete! Endlose Diskussionen zwischen dem Jazzveranstalter und dem Vater, für den es dabei nur um wirres Gedudel von wirren Typen aus einem wirren Land ging, das dem immer mehr missratenden Sohn immer mehr einen vernünftigen Weg in die Zukunft verbaute. Während der Junge dabeistand und diese Diskussionen hasste, diskutierten die beiden, ohne einander zu hassen. Der Vater war sogar gezwungen, den Jazzspinner zu respektieren, der nämlich in einem katholischen Landstrich eine unschätzbar gute Position hatte. Ein immer elegant gekleideter, gut aussehender und eloquenter Mann Anfang dreißig, der Höflichkeit und Zuverlässigkeit ausstrahlte und einen sehr speziellen Beruf ausübte: Er war Vertreter für jene prächtigen Stoffe, die in den katholischen Kirchen gebraucht wurden, an Körpern, Tischen, Fenstern, in Regalen, Schränken und Hinterzimmern, er kannte jeden Pfarrer in Oberbayern und dessen Haushälterin und wurde sogar von Kardinälen und Bischöfen empfangen, die – wie alle Männer in dieser »kriminellen Vereinigung« (Wiglaf Droste) – ihre Schwänze mit edler Kleidung bedeckten. Wer diesen Mann also nicht respektierte und glaubte, ihn wegen seiner Jazzsucht mit *bekanntlich* häufig drogensüchtigen Musikern in einen Topf werfen zu können, machte sich verdächtig, auch die überirdischen Mächte, für dessen Stellvertreter auf Erden er tätig war, nicht zu respektieren. Und das war eine Einstellung, mit der man es im Pfaffenwinkel auf den üblichen Wegen nicht weit brachte … Insgesamt also war der Jazzfanatiker wie ein wunderbarer Witz, der Klischees und eingeschränkte Sichtweisen durcheinanderbrachte. Allein schon die Tatsache, dass der Jazzmann einen so ordentlichen, bravbürgerlichen Eindruck machte wie die ebenfalls dreißigjährige Schwester des Jungen – die inzwischen mit Mann und zwei Kindern in einem Haus neben dem Elternhaus wohnte und nie auf die Idee gekommen wäre, eine neue Platte von Miles Davis oder dem Art Ensemble of Chicago könnte ein alles andere in den Schatten stellendes Weltereignis sein –, gab dem Jungen wie seinem Papa sehr zu denken. Wenn auch mit unterschiedlichen Ergebnissen … Dennoch war es dem Jungen lieber, wenn er seinen seriösen älteren Freund im Café traf oder gelegentlich in dessen Wohnung – die seine gepflegte Erscheinung widerspiegelte, elegant-hell-modern, das Gegenteil der Einrichtung, die der Junge von zu Hause kannte, und mit einer riesigen Plattensammlung als Schmuckstück des großen Wohnzimmers. Und außerdem hatte der Jazzmann eine Frau, mit der er *in wilder Ehe* zusammenlebte, eine blonde Schönheit wie aus einem Film mit Humphrey Bogart, die unglaublicherweise auch noch Lehrerin war. Diese Leute und die Art, wie sie lebten, ihn behandelten, mit ihm redeten, waren dem Jungen vollkommen fremd. Sah so das Glück aus oder war es eine Fata Morgana? Allerdings wusste er, dass die schöne Frau dem Freund ein Problem bereitete. Weil sie ihn nicht heiraten wollte; weil sie der Meinung war, dass man überhaupt nicht heiraten sollte. Warum ist das ein Problem?, fragte er den Jazzfreund. Weil es mich den Job kosten wird, wenn die mitbekommen, dass ich in wilder Ehe lebe, antwortete er, mein Kunde ist die katholische Kirche, Herrgott noch mal! Die er jedoch eher verlassen würde als diese Frau.

Als der Junge eines Abends bei ihnen zu Besuch sein durfte, erfuhr er, dass sie noch ein Problem hatten; genauer gesagt hatte die selbstbewusste schöne Lehrerin ein Problem mit ihrem Jazz- und Kirchenvertreter, und dieses Problem hatte mit dem größten Problem des Jungen zu tun. Sie saßen auf den Sofas am niedrigen Tisch, rote Drinks auf der Glasplatte, eine neue ECM-Platte auf der Drehscheibe, und die Lehrerin fragte den Jungen, warum er denn zu Hause so große Probleme habe, wie sie von ihrem Mann gehört hatte, »weil du dich nur noch für Musik interessierst? Oder wegen der Schule?«

»Auch die Schule, aber nicht wirklich«, sagte er und redete, von ihrer Direktheit animiert, nicht drum herum: »Das eigentliche Problem ist, dass mein Vater glaubt, ich wäre immer nur deshalb gegen alles, was die Eltern wollen, weil sie nicht meine richtigen Eltern sind, sie haben mich adoptiert. Aber das ist Unsinn, ich war ein Baby, als sie mich adoptiert haben, ich habe keine anderen richtigen Eltern, ich will auch keine anderen, ich denke nicht an so was, ich will nur tun und lassen, was ich will.«

»Das ist ja interessant«, sagte sie. Und nahm ihren Lebensabschnittsgefährten ins Visier: »Wusstest du das?« Natürlich wusste er das, als inzwischen guter Freund, und er verdrehte die Augen – das Thema, auf das seine Frau zusteuerte, gefiel ihm nicht.

Sie stach mit dem Finger zu: »Dieser Mann will mich zwar unbedingt heiraten, aber er will nicht nur keine Kinder, sondern er will auch –«

»Aber nein, ich mag doch Kinder«, protestierte er, »aber ich hab im Moment einfach noch keine Zeit für ein Kind. Und ich kann mir diese Frau außerdem einfach nicht mit einem riesigen Bauch vorstellen.« Sollte ein Witz sein, der jedoch sofort und nicht zum ersten Mal krepierte.

»Es geht nicht um meinen Bauch«, sagte sie, »er lehnt nämlich auch meinen Vorschlag ab, dass wir ein Kind adoptieren könnten.«

»Weil ich eben noch nicht reif für ein Kind bin, es geht doch um Verantwortung!«

»Weil dir der Gedanke nicht gefällt, dass das Kind nicht von dir ist – ›Man weiß doch nicht, was man sich bei so einer Adoption einfängt‹. Seine Worte!«

Damit hatte sie etwas verraten, was der Junge nicht wissen sollte, und es war seinem Freund furchtbar peinlich. Sie versuchte es schnell wiedergutzumachen und präsentierte kichernd ein Happy End: »Da siehst du doch, was für ein tolles Kind man kriegen kann! Er ist sogar so toll geraten, obwohl er Eltern hat, die Jazz nicht leiden können.«

Wenigstens kein schlechter Witz.

»Tut mir leid«, sagte der Jazzmann, als sie Tage danach wieder im Café saßen, »ist wirklich nicht so gemeint, ist nur so –«

»Weiß ich doch, kein Problem«, sagte der Junge, »ich bin nicht beleidigt, diese verdammte Adoption interessiert mich nicht, vergiss es.«

Und das war nicht gelogen, die nächsten Konzerte und Begegnungen waren viel wichtiger, Tornados, deren Spuren nichts in seinem Leben beseitigen konnte – und wenig später saß der Pianist Dollar Brand alias Abdullah Ibrahim zum Interview neben ihm, doch der Rekorder funktionierte nicht, und während die Musikerkollegen am nächsten Tisch saßen und aßen, untersuchte der aus Südafrika geflüchtete Jazzer mit ihm erfolglos das Gerät und tröstete den Provinzjournalisten und ging ohne Essen auf die Bühne, die bald darauf das Art Ensemble of Chicago mit Lester Bowie im weißen Arztkittel betrat – unmissverständliche Botschaft, Achtung, Bleichgesichter, jetzt kommt der Voodoo-Doktor mit der Medizin und kuriert euch. Was auch Chet Baker wenig später vielleicht geholfen hätte, der einfach nicht vom Stoff weg- und immer wieder draufkam und in den Untiefen des Pfaffenwinkels nicht an der Kasse vorbeikam, um sich, egal wie, auf sein Konzert vorzubereiten, weil er für einen Penner gehalten wurde, wogegen er nicht protestierte; er blieb mit gesenktem Kopf stehen, wartete auf Hilfe; der Veranstalter und sein junger Jazzkritiker rannten schreiend zu Chet Baker, der nichts sagen konnte und dann spielte, als wäre nichts gewesen und als ginge es ihm besser als jemals, obwohl er so schwach wirkte, als würde er es nie wieder auf eine Bühne schaffen. Die geballte Energie persönlich war dagegen bald nach Baker ein zwei Meter großer Schwarzer Posaunist aus New York, an dessen Namen er sich nicht erinnerte und den er nie rausfinden konnte. Er marschierte wie der Anführer einer Revolutionsarmee in einem langen schwarzen Ledermantel und mit einer riesigen Lederkappe zum Soundcheck, sprach mit keinem von diesen Whiteys in diesem motherfucking Voralpenland, das seine Väter befreit hatten, breitbeinig stand er auf der Bühne, nur von einem Schlagzeuger begleitet, der einen Bombenangriff aufführte, und der Mann im Ledermantel hielt seine blendende Posaune wie eine Panzerfaust gegen das Publikum, eine Stunde lang, ohne Unterbrechung, wie ein Black Panther mit dem Spezialauftrag, die Entnazifizierung in the South of Germany endlich und endgültig durchzusetzen. Moment mal, bei der Formulierung, der Musiker habe versucht, die *Entnazifizierung endlich durchzusetzen*, scheint es sich nur um eine polemische Spitze zu handeln, tatsächlich aber hatte es in der amerikanischen Besatzungszone Bayern eine Verlautbarung der US-Militärregierung gegeben, mit der alle Versuche, die Bevölkerung zu entnazifizieren, schon bald für beendet erklärt wurden, weil man sich die Erfolglosigkeit der Maßnahmen aufgrund mangelnder Bereitschaft und sogar Widerstand der Bevölkerung eingestehen musste, so viel dazu. Und dazu passte es dann, wie sein Jazzjob für die *Heimatzeitung* endete, den er auch nach seiner »Flucht« nach München diszipliniert fortgeführt hatte: Er schrieb einen langen Vorbericht über abermals Abdullah Ibrahim und seine Jazzoper »Kalahari«, in der der Pianist die Geschichte Südafrikas aus Schwarzer Sicht erzählte. Alle politischen Hintergründe und Bezüge – von der rassistischen Apartheidpolitik bis zu den davon profitierenden dort produzierenden deutschen Firmen wie BMW – wurden von der *Heimatzeitung* und natürlich ohne sein Wissen gestrichen. Und trotz der massiven und schmerzhaften Überredungskünste seines großen Jazzlehrers blieb er dabei, für diese fucking christlich-sozialen Nachrichten nie wieder etwas zu schreiben. Als sein vollständiger Artikel im anarchistischen Münchner Stadtmagazin *Blatt* erschien, verbuchte er es nicht nur als ausgleichende Gerechtigkeit, sondern als großen Schritt: in die richtige Richtung.

»Ich muss in New York herausfinden, ob der Posaunist im langen schwarzen Ledermantel noch lebt.«

»Könnte schwierig werden, wieder mal kein Name, und dazu noch in einem Flugzeug, das nicht ankommt.«

»Er war Punk, aber davon wussten wir noch nichts.«

»Ihr habt 79 nichts von Punk gewusst?«

»Wir waren hinterm Mond. Vielleicht war der Typ auch hinterm Mond, ein Jazzer mit Posaune, der nicht wusste, dass er ein Punk ist.«

»In New York war niemand hinterm Mond.«

»Ich kannte den Ausdruck ganz vage, aber niemand hatte eine Punkplatte. Das darf man gar niemandem sagen, wie meine Mama immer gesagt hat.«

»Pass auf, der Posaunenpunk wohnt im Haus neben deiner Mutter. Steht im Garten. In seinem langen schwarzen Ledermantel.«

Er hatte keinen Beweis dafür, dass die Geschichte über seinen Zeugungsvater, die ihm seine Mutter erzählt hatte, stimmte. Warum glaubte er ihr, mit der er nur ein paar Stunden in seinem Leben verbracht hatte? Weil er ihr glaubte; keinen Funken Grund für Misstrauen entdeckte. Sollte er (aufgrund massiver psychischer Fehlzündungen in seinem Gehirn zum Beispiel) doch noch auf die Idee kommen, dass die Geschichte mit ihrem persischen Liebhaber aus irgendeinem Grund eine Erfindung war, dann konnte er sich natürlich auch einreden, dass alles möglich war: Sein Erzeuger war damals ein talentierter Sinto-Gitarrist, der bald im Nebel von Drogen und Erfolglosigkeit verschwunden war, und sein Großvater hatte mit Django Reinhardt viele Tassen starken Kaffee getrunken … Sollte ihm mal jemand beweisen, dass es eine Lüge war … Er selbst hätte möglicherweise genauso große Probleme – falls es nicht sogar unmöglich war –, wenn er beweisen müsste, dass das, was er hier erzählte, keine Erfindung war und dass er sich nur mit einer anrührenden Adoptivgeschichte wichtigmachen wollte. Die Courage, einen wirkungsvollen Identitätsdiebstahl zu begehen und das Blaue vom Himmel runterzudichten, hatte er jedoch nicht. Auf diesem kriminellen oder psychopathischen Gebiet war größte Vorsicht geboten. Nicht erst seit diesem Fall: Die promovierte junge Historikerin Marie Sophie Hingst hatte sich eine jüdische Identität mit in Auschwitz ermordeten Familienangehörigen zugelegt und mit den davon erzählenden Texten auf ihrem Blog Karriere gemacht. Nachdem sie im Juni 2019 mit großem Aufwand und großer Medienpräsenz enttarnt worden war und zuletzt erfolglos mit dem Hinweis zu entkommen versuchte, sie habe »ein erhebliches Maß an künstlerischer Freiheit für sich in Anspruch« genommen und es habe sich dabei »um Literatur, nicht um Journalismus oder Geschichtsschreibung« gehandelt, beging sie kurz darauf Selbstmord.

Und dennoch: Bei einem Workshop mit einigen Hauptschülern, die kurz vor ihrem Abschluss standen, hatte er sich genötigt gefühlt, seine Identität etwas zu bearbeiten. Der nur einen Vormittag dauernde Workshop unter dem Titel »Wie schreibt man ein Gedicht« war von Anfang an ein Schlag ins Wasser gewesen. Die beiden Mädchen hatten erwartet, es ginge dabei um Kalligraphie und am Ende könne man besonders schön schreiben, und niemand hatte ihnen etwas erklärt, und die beiden Jungs hatten wie die meisten Jungs einen Workshop über die Kunst des Rap belegen wollen, der jedoch überfüllt war, weshalb man ihnen gesagt hatte, sie müssten in diesen Gedicht-Kurs gehen, der sowieso schlecht besucht sei, ein Strafbefehl also – den er ihnen dann nicht damit schönreden wollte, dass Rap und Gedicht wie Brüder seien.

Missverständnisse und Gemeinheiten waren schnell geklärt und sie und er, sie allesamt waren also eine Versammlung von Enttäuschten, Betrogenen, Verschobenen und Verlierer:innen. Die Stimmung war ganz unten. Er überlegte, ob er abbrechen und sie ihrer Lehrerschaft übergeben sollte, aber sie sahen unglücklich aus. Sie sahen aus, als wäre es *mal wieder typisch*, dass sie am falschen Ort saßen. Sicher würde dieses Lehrpersonal den nächsten Mist mit ihnen anstellen, wenn er abbrach, deshalb wollte er sie nicht hängen lassen.

Wäre zu einfach. Er gehörte nicht zu diesem Lehrpersonal, er gehörte lieber zu ihnen.

Sie waren alle scheu, ausnahmslos, sie beschwerten sich nicht, machten ihn nicht an (anders als die kaum älteren Jugendlichen im Jugendknast, mit denen er sich auskannte), als wären sie so was gewöhnt und hätten Übung darin, so was ohne Geschrei hinzunehmen, weil es immer alles schlimmer macht, wenn man sich beschwert. Er beruhigte sie zuerst, sie müssten jetzt weder ein Gedicht schreiben, noch irgendwas läääärrrnäään! Er versuchte, sie mit einer witzigen Sache aufzulockern: Sie würden es wahrscheinlich nicht glauben, aber eines der schönsten Gedichte aller Zeiten war so kurz, dass man es fast nicht sehen konnte, und geschrieben hatte es, echt kein Scheiß, der größte Boxer aller Zeiten, Muhammad Ali, von dem sie doch sicher schon mal was gehört hätten, also passt mal auf, das Gedicht geht so: »Me / We«. Nur zwei Worte, Ich-Wir-Ende, Bom-Zack-Aus, so kurz wie der Stachel einer Biene, so schön wie ein Schmetterling, und so was von einem Boxweltmeister aller Klassen, war das nicht der Wahnsinn? War kein Problem, dass es nicht der Wahnsinn war, keine Angst, sie würden sich nur unterhalten, sie waren zufällig zusammengekommen, der ursprüngliche Plan war nicht mehr gültig, sie hatten keine Aufgabe. Er fragte sie aus. Und erfuhr, dass sie in der neunten Klasse Hauptschule noch nie etwas gelesen hatten, das man als Literatur bezeichnen konnte. In ihrem letzten Jahr hatten sie im Fach Deutsch nur durchgenommen, wie man ein Bewerbungsschreiben anzufertigen hat, es kam ihnen schon zum Hals raus. Sonst hatten sie nichts gemacht, gelesen, diskutiert, gelernt, die ganze Zeit wirklich nur Bewerbungen? Wirklich sonst nichts, sagten sie. Unglaublich, sagte er, was für ein Unsinn. Obwohl er es schon im Jugendknast ausführlich mitbekommen hatte, dass Hauptschüler:innen grundsätzlich so eingestuft wurden, als wären sie zu blöd, um irgendwas mit Literatur zu verstehen. Sie bekamen keine Hilfestellung, keine Angebote, sondern nur deutliche Absagen ... Ihr kapiert doch sowieso nichts, tragt ihr mal die Papierkörbe aus den Literaturhäusern raus und wischt den Tisch ab, an dem die berühmte Dichterin heute neben dem Kulturminister sitzen wird, das ist auch eine verantwortungsvolle Aufgabe ... Als gäbe es für Bastarde, Hauptschülerinnen, Ziellose, Schlawiner, Kanaken, Sozialhilfeempfängerinnen und notorisch ratlose und faule Studienabbrecher wie ihn und alle nicht besonders zuversichtlich in die Zukunft Blickenden keine Literatur ... Deutsch ist also nur ein ordentliches Bewerbungsschreiben, in diesem *Land der Dichter und Denker:* diese unberechtigte Eigenbezeichnung von ekelhaft maßloser und lächerlicher Arroganz.

Er wollte mehr von ihnen wissen: »Und liest man bei euch zu Hause irgendwas? Märchen, Zeitung, Comics, Horrorgeschichten?«

»Ja, aber das ist nur rumänisch«, sagte eines der Mädchen. »Das darf ich in der Schule aber nicht sagen, sagt meine Mama.«

»Warum darfst du das denn nicht sagen?«

Sie wurde verlegen, ihr Oberkörper drehte sich hin und her: »Weil wir Zigeuner sind, und das soll aber niemand wissen.«

»Ah ja«, sagte er. Ließ sich Zeit. Brauchte etwas Zeit. Wollte sie dann im Moment nicht mit der Diskussion belasten, ob sie sich selbst noch *Zigeuner* nennen durften.

»Ich weiß genau, warum deine Mutter das meint«, sagte er, »aber es ist nichts Schlechtes, wenn man so jemand ist, hör nicht auf die Leute, die dir was anderes erzählen, was die sagen, ist Dreck.«

»Ja, ich weiß«, sagte sie. Hatte sie oft genug gehört. Und oft von Leuten, die leicht reden hatten.

»Ich sag's dir, wie's ist: Ich weiß deshalb genau, was deine Mutter meint, weil ich das Problem kenne, verstehst du? Und warum kenne ich das Problem? Weil ich selber auch ein halber Zigeuner bin.«

Das kam an wie eine Explosion: Ihr Gesicht ein großes Strahlen, sie lachte ihn an. Und mehr noch: Alle vier freuten sich, wurden lebendig, verdrehten die Köpfe, ein Junge schlug sich mit beiden Händen auf die Schenkel. Sie kriegten sich nicht mehr ein. Und er selbst konnte es nicht fassen, warum freuten die sich wie nichts? Und wie kam es, dass die vier so verbunden waren, wie er jetzt erkannte? Trafen sie sich nicht zum ersten Mal an einem Abstellplatz?

Das rumänische Mädchen fragte ihn aufgeregt: »Stimmt das wirklich, du bist auch ein Zigeuner?«

»Ich auch«, sagte einer der Jungs. Immer noch etwas vorsichtig.

»Na ja, also es ist ziemlich kompliziert«, sagte er. Weil er adoptiert worden war, habe er nämlich eine riesige, zum Teil auch unbekannte Verwandtschaft, und da wären eben Zigeuner dabei, außerdem Armenier, Perser, Italiener und übrigens ziemlich sicher auch Rumänen. »Jetzt kannst du's dir aussuchen, mir ist alles recht, richtig deutsch bin ich jedenfalls nicht, aber das ist nicht wichtig, ihr seid alle deutsch und wir sind alle irgendwas, weißt du, was ich mein? Wir sind Kanaken, die keine Kanaken sind, sagt ein Freund von mir.«

Als ihre gemeinsame Zeit fast abgelaufen war, klopfte es an die Tür. Die Lehrerin und der Lehrer, die den bunten Strauß an Sonderangeboten für die Schüler:innen am Jahresende organisiert hatten, kamen hereingeschlichen.

»Wir stören nur ganz kurz«, sagte die Lehrerin leise, »für die Dokumentation, wir brauchen ein Foto von allen Gruppen, dürfen wir nur schnell ein Foto von euch allen machen?«

Im nächsten Moment hatten sich seine Schulkinder-für-einen-Vormittag unter dem Tisch verkrochen, ohne zu zögern, ohne Ausnahme, und zischten ihm zu: »Nein, bitte nicht, kein Foto, bitte!«

»Also können wir kurz?«, sagte der Lehrer.

»Sieht nicht so aus«, sagte er.

Hatte er eine und welche und konnte man mehrere haben und hätte er lieber eine andere, die er sich besorgen konnte, wenn ihm seine, von der er nichts Genaues wusste, nicht passte? Identität. Hatte er nie drüber nachgedacht, nie problematisiert. Zumal man bei unklarer Herkunft mit einer unschätzbaren Anzahl von Identitätsmöglichkeiten rechnen musste, begleitet von einer unüberschaubaren Anzahl von Problemen, die nicht zu lösen waren, oder wie schon Lee Hazlewood gewarnt hatte: »For Every Solution There's A

Problem« – und auch deshalb und genau dazu passend war ihm schnell bewusst geworden, dass er bei diesem Buch keinen Abschluss, kein Ende finden und nicht *fertig* werden würde.

Als er dachte, er hätte genug Stoff angehäuft, um die Sache, die nie fertig werden würde, wenigstens bald loswerden zu können, las er in Stuart Halls Autobiographie *Vertrauter Fremder – Ein Leben zwischen zwei Inseln* eine Stelle, die es so beschrieb, wie er es hätte beschreiben wollen, wenn er's gekonnt hätte. Einen »Großteil meines beruflichen Lebens«, schrieb der in Jamaika aufgewachsene und seit 1951 in England wirkende Kulturtheoretiker am Ende seines Lebens, »war [ich] gefesselt von der Frage, wie wir das Durcheinander von Identifikationen verstehen können, die wir zusammensuchen, um uns durch die gesellschaftliche Welt zu navigieren, und auch, wie wir uns bemühen, ›wir selbst‹ zu werden. Natürlich können wir dieses Ziel nie erreichen: Wir werden nie wir selbst, was immer das bedeuten soll. Zu erkennen, dass dem so ist, macht diesen Versuch eines Lebensberichts zu einem kuriosen Unterfangen. Es erfordert Abschweifungen, Erklärungen und reflektierende Umwege, auf die Mainstream-Darstellungen verzichten können. Identität, im Singular, wird niemals abschließend erlangt. Identitäten, im Plural, sind die Mittel des Werdens. Die Erzählung, die ich hier in Gang setze, wird nie ihr Ziel erreichen, selbst wenn ich lange genug leben sollte, um sie abzuschließen und das Wort *Ende* unter die letzte Seite zu setzen.«

Stuart Halls Profil »Abschweifungen, Erklärungen und reflektierende Umwege« ergänzte er dann mit Bezeichnungen für sein eigenes »kurioses Unterfangen«, die er für genau passend hielt: Bruchstücke, Splitter, Fetzen.

Seine Erzählung, die nie ihr Ziel erreichen würde, war nichts anderes als *Eine Geschichte in Fetzen*. Die auch kein Ziel erreichen würde, wenn er aus Fetzen und Splittern große Bruchstücke bauen würde. Nicht ausgeschlossen, dass die Lücken zwischen den Fetzen und Splittern größer waren als die Bruchstücke. Da durfte er sich nichts vormachen. Obwohl es ihm so vorkam, als wäre er nur aufgrund seines Talents für Sich-was-Vormachen in seinen Beruf reingeraten.

Er war sicher, dass er dieses Buch bis zum unfertigen Ende schreiben musste, um weiterzukommen, aber unsicher, was der beste Weg dorthin wäre, und deshalb jenseits von Fachliteratur ständig auch auf der Suche nach Büchern, die er wie Krücken oder Nachtsichtgeräte benutzen könnte. Egal ob ratlose Hauptschülerin oder unsicherer Autor, irgendwo standen doch immer ein paar Sätze, die einen weiterbrachten. Wobei er weniger nach Sätzen, sondern nach Formen suchte (und eigentlich auch nicht so sehr suchte, sondern eher auf Instinkt und Zufall vertraute), Erzählungen, die offene Räume aufwiesen, fragmentarisch waren oder wirkten; schmale Bücher, die wie nebenbei geschrieben schienen und nicht wie luftdicht verschlossene Räume wirkten, sondern *Platz für eigene Gedanken* ließen, wie es damals in einigen seiner Kinderbücher auf den letzten Seiten gestanden hatte. Seine wirkungsvollen stilistischen Hilfsmittel waren *Der Platz der Gehenkten* von Hubert Fichte, *Film und Verhängnis* von Ilse Aichinger, *Motel Chronicles* von Sam Shepard; und *Blaue Stunden* von Joan Didion auch thematisch, geschrieben nach dem frühen Tod ihrer adoptierten Tochter. Und schließlich sein größtes Literaturhilfswerk: Walter Benjamins erst nach seinem Tod herausgegebene Sammlung *Berliner Kindheit um Neunzehnhundert;* ein Kaleidoskop aus kurzen Stücken, die eben, das ist in diesem Fall der Punkt, nicht zu einer runden Kindheitserzählung verbunden sind, sondern wie Fotos wirken, die aus einem großen Album gefallen sind. Eine Textsammlung wie ein scheinbar unvollständiges Kartenspiel, mit dazu noch chaotischer Veröffentlichungsgeschichte: Die von Walter Benjamin geplante und von mehreren Verlagen abgelehnte Fassung war in den Flucht- und Kriegswirren verloren gegangen. Auch als die Sammlung zehn Jahre nach Benjamins Selbstmord auf der Flucht vor den Nazis erstmals 1950 erschien, hatte Herausgeber Theodor W. Adorno keine vom Autor geplante Fassung zur Verfügung gehabt. Die heutige Fassung von *Berliner Kindheit um Neunzehnhundert* enthält jedoch die 1938 vom Autor zuletzt geplante, denn »1981 wurde auf der Pariser Nationalbibliothek eine Anzahl Manuskripte wiedergefunden, die Benjamin dort 1940, vor seiner Flucht aus der Stadt, durch Georges Bataille hatte verstecken lassen«, weshalb die »Fassung letzter Hand und Fragmente aus früheren Fassungen« gebastelt werden konnte … Es war natürlich vielleicht nur Wunschdenken, dass es für seine eigene Sammlung, die vom *Gefühlschaos* handelte, also keine bessere von Chaos überzogene Orientierung als Benjamin und dieses Buch geben konnte. Das Lückenhafte, die Beiläufigkeit, die Nur-so'n-kleines-Buch-Haftigkeit waren sozusagen vorbildlich – und speziell einer der kurzen Benjamin-Texte sollte eine besondere Sogwirkung entwickeln, seine Coverversion des alten Kinderlieds »Das bucklichte Männlein«, das er als Mitglied der »Sippe, die auf Schaden und Schabernack versessen war«, beschrieb. Oder gesteigert als Horrorgestalt: »Wen dieses Männlein ansieht, gibt nicht acht. Nicht auf sich selbst und auf das Männlein auch nicht.« Für die mit Benjamin eng befreundete Hannah Arendt – die den ersten Teil ihres langen, 1968 veröffentlichten Benjamin-Essays mit »Der Bucklige« betitelte – war das Kinderlied nicht nur Benjamins Lebenslied, sondern das »vielleicht unheimlichste Gedicht der an Unheimlichem so reichen Volksliedersammlung *Aus des Knaben Wunderhorn*«, und wen der Bucklige, diese »personifizierte Tücke des Objekts«, ansehe, der »steht verstört vor einem Scherbenhaufen«, schrieb sie.

Der Adoptivkindautor hatte schon viel an seinem Buch geschrieben, als er planlos an das Benjamin-Buch geriet und sich unwillkürlich an die Figur des Buckligen klammerte und glaubte, es sei eine wichtige Entdeckung. Warum? War die Verbindung von Adoption und Unglück nicht ähnlicher Unsinn wie die von Adoption und Serienkillern? Möglich. Wenn man es allerdings umgekehrt betrachtete, und der Bucklige hatte sich an *ihn* geklammert, war es eher kein Unsinn: Denn mit seinem Auftauchen hatte er den Autor verwirrt, genau wie es seine Bestimmung war. Und er hatte den Autor dazu veranlasst, auf die (möglicherweise) hanebüchene Behauptung zu kommen, der Bucklige würde sich besonders gerne Adoptivkinder aussuchen, wenn er nach Opfern suchte, denen er das Leben schwer machen konnte … Rieb sich der Bucklige (der angeblich ein Männlein war) jetzt freudig die

Hände, weil der Autor (der sein Handwerk sowieso immer schon voller Zweifel betrieben hatte) auf Glatteis ausgerutscht war? Wie auch immer. Damit war ja nicht gesagt, dass man in Lebensgefahr geriet, wenn einen der Bucklige traf, er konnte einem auch einfach nur auf die Nerven gehen. Wie diese Leute, die sich mit einem *Wenn ich Sie mal was fragen dürfte* näherten, und wenn man ihnen freundlich zuhörte, wurde man mit einem zähen Brei aus Blödsinn übergossen, der einem den ganzen Tag verklebte … Eines Morgens also kochte der Autor sich den ersten Kaffee, in Gedanken schon konzentriert bei der Arbeit, als er auf das plätschernde Radio aufmerksam wurde, wie war das? Der 2011 verstorbene Apple-Computermagnat Steve Jobs war auch ein Adoptivkind? Konnte er von Steves Erfahrungen vielleicht irgendwas für sein Buch gebrauchen?! Er vergaß, was er sich vorgenommen hatte, und fing an zu recherchieren, welche Rolle die Adoption im Leben des Multimilliardärs gespielt hatte. Auf Wikipedia sofort spannende Details und Quellen! Jobs' leibliche Mutter hatte schon vorab die Bedingung gestellt, dass ihr Kind nur von Akademikern adoptiert werden dürfte, aber – Pech – es gab keine Akademiker:innen, die sich für das Kind interessierten. Sie musste deshalb zustimmen, dass es von einem weniger gebildeten Paar angenommen wurde, dem sie allerdings das Versprechen abnahm, dem Kind eine College-Ausbildung zu finanzieren, was das weniger gebildete Paar dann auch einlöste, das Adoptivkind später seinen Adoptiveltern jedoch nicht dankte, sondern ihr Geld bis zum schnellen College-Abbruch verbraten hatte. [*weniger umständlich wäre besser*] In den flächendeckend abgefeuerten Artikeln der *Bild*-Zeitung zum Tod der Apple-Legende wurde jedoch vor allem der leibliche Vater ins Visier genommen (zumal die Mutter so dement war, dass sie selbst für das Top-Personal von *Bild* nicht mehr zu gebrauchen war). Die gestählten *Bild*-Journalist:innen hatten natürlich sofort messerscharf erkannt, dass Adoption und Milliarden eine supertolle und anrührende Story ergaben – und dann noch knallhart kombiniert, dass die supertolle Story noch viel toller wurde, wenn sie den Scheinwerfer auf die damit verbundene tragische Geschichte richteten: Denn Steve Jobs hatte zwar als Erwachsener seine Geburtsmutter ausfindig gemacht, sich aber nie für seinen Erzeuger interessiert, einen Syrer mit dem Vornamen Abdulfattah. Dieser gab seit der unheilbaren schweren Erkrankung seines berühmten Sohns (dessen Namen er nur wenige Jahre zuvor erfahren hatte) gerne Interviews, welche den Sohn jedoch weiterhin nicht dazu gebracht hatten, seinen Vater Abdulfattah kennenlernen zu wollen. Das war der jedes menschliche Herz anrührende, aber auch ins Geheimnisvoll-Emotionale verweisende Hebel, der mit ultrabreiten *Bild*-Schlagzeilen wie dieser bedient wurde: »›Thank you‹ war das Einzige, was er seinem Vater jemals schrieb« (nachdem der ihm gute Besserung gewünscht hatte). Und noch eine Schlagzeile aus dem Feuerwerk der *Bild:* »Er möchte seinen Sohn sehen, bevor es zu spät ist«. Nicht zu vergessen der *Bild*-Artikel über einen amerikanischen Fernsehbericht, demzufolge sich Sohn Steve und Vater Abdulfattah, als sie noch nichts voneinander wussten, in Abdulfattahs Restaurant im Silicon Valley mal die Hand geschüttelt hatten, ohne einander zu erkennen – auch hier also der Hinweis, sagte sich da der deutsche Autor, der es noch nicht bis zum Milliardär gebracht hatte, dass die *Stimme des Blutes* nichts taugt. Gleichzeitig alarmierte ihn eine scheinbar unwichtige Information: Der damals achtzigjährige Jobs-Vater Abdulfattah war zu dieser Zeit »Casino-Manager in Reno, Nevada«, und des Autors eigener, ihm völlig unbekannter Erzeuger war *heute* auch etwa achtzig, und das führte ihn zu der aufregenden Frage, ob sein unbekannter Erzeuger möglicherweise kein Chef-Terrorist bei den iranischen Revolutionsgarden war, wie er es sich in dunklen Stunden vorstellte, sondern Casino-Manager in Las Vegas?

»Ich war in Gefahr«, sagte er im Flugzeug zu seiner Frau, nachdem er ihr die wirre Linie von Walter Benjamin über den Buckligen bis Steve Jobs nachgezeichnet hatte, »die Idee gut zu finden, besser ein Buch über den Adoptivkram von Jobs zu schreiben, als mich am eigenen Mist abzuarbeiten. Das war die Falle, die der Bucklige für mich aufgebaut hat. Ich war nah dran. Falscher Weg und Zeitverschwendung. Hat mich eine Woche beschäftigt.«

»Der Bucklige ist doch nur eine Ausrede, vergiss diesen Arsch endlich. Die Sache mit dem Vater hat dich beschäftigt«, sagte sie. »Warum hat sich dieser Jobs nie für seinen Vater interessiert? Und warum du dich nie?«

»Weiß ich auch nicht.«

»Wobei er dann ja irgendwann wusste, wer das ist, aber nichts von ihm wissen wollte. Keine Versöhnung, keine Vergebung. Du weißt fast nichts über deinen Erzeuger, nicht mal den Namen. Hättest aber mit den wenigen Informationen nach ihm suchen können. Wenigstens was versuchen. Kein Funken Neugier – aus Faulheit oder Angst?«

»Ich weiß es nicht. Ich weiß, dass du immer gesagt hast, dass es *dir* keine Ruhe lassen würde. Aber mich hat's nie beschäftigt. Nie auch nur im Traum.«

»Warum jahrelang nach der Mutter suchen und nach dem Vater nicht?«

»Ich weiß es nicht. Ehrlich, keine Ahnung.«

»Man weiß immer irgendwas.«

»Also gut, du Mother. Ich denke nach – und behaupte, mit zwei Müttern biste schon gut beschäftigt. Da ist dann ein zweiter Vater einer zu viel. Man hat ja noch was anderes zu tun.«

»Ja, das sehe ich.«

Er trug ein Jackett seines verstorbenen Schwiegervaters, als ihn einer der ständigen Zufälle mit Informationsfluten und Fragen und Zahlen aus der Welt der Statistik überschwemmte. Er spürte, dass in einer Innentasche des Jacketts etwas steckte. Es war ein dünner Taschenkalender, mit der Aufschrift *unicef 2000*. Ohne persönliche Eintragung, mit einigen Seiten Informationen über das Kinderhilfswerk der Vereinten Nationen: »Auch in den Entwicklungsländern wurde viel erreicht: Die Kindersterblichkeit konnte um mehr als die Hälfte reduziert werden«, dennoch würden »zwölf Millionen

Kinder Jahr für Jahr vor ihrem fünften Geburtstag« sterben; außerdem waren in den Neunzigerjahren »über acht Millionen Kinder weltweit durch HIV/Aids zu Waisen geworden«. Unvermeidliche Frage zwanzig Jahre danach, was war aus den Waisen geworden? Und wie viele von ihnen waren später auf der Flucht nach Europa übers Mittelmeer in überfüllten Booten draufgegangen? Und wie hatten sich die Waisenhäuser in den Entwicklungsländern entwickelt? Und wie hätte er selbst sich im Waisenhaus entwickelt, wenn er nicht ab- und rausgeholt worden wäre? Und hatte im Waisenhaus sein Papa auf ihn gedeutet oder die Mama, oder war er gar nicht ausgewählt, sondern zugewiesen worden? Er wusste es nicht, sie hatten nie darüber gesprochen, er würde es nie erfahren. Und was war denn aus dem Waisenhausjungen geworden, der damals zum Testbesuch geholt worden war und mit dem Bübchen gespielt hatte?

Und die Frage, die man wohl auch noch stellen durfte und konnte: Wurden eigentlich viele Waisen aus den Entwicklungsländern nach Deutschland adoptiert?

Nein. Im Jahr vor *unicef* 2000 wurden laut Recherche von Sichtermann und Leggewie in Deutschland 6399 Kinder adoptiert (die Hälfte übrigens von deren jeweiliger Stiefmutter, Stiefvater oder anderen Verwandten), von denen 72,6 Prozent deutsche Staatsangehörige waren. Von den restlichen 27,4 Prozent kamen die meisten Adoptivkinder aus der Europäischen Union und vom letzten Rest kamen die meisten, nämlich genau »203 aus der Russischen Föderation«. Typische Zahlen für das Jahrzehnt vor 2000. Es kamen also nicht genug Adoptivkinder aus sogenannten Entwicklungsländern in eines der reichsten Länder der Welt, um zu dieser von Nazis halluzinierten, propagierten, herbeigelogenen »Umvolkung« etwas beitragen zu können, und daran hatte sich bis heute leider nichts geändert, wie er in einer Pressemitteilung des Statistischen Bundesamts vom 5. Juli 2021 lesen musste: Internationale Adoptionen seien »weiter rückläufig und spielen zahlenmäßig nur noch eine geringe Rolle beim Adoptionsgeschehen: Von 2010 bis 2020 sank die Zahl der Kinder, die im Zusammenhang mit einer Adoption nach Deutschland geholt wurden, um 75 Prozent auf 116.« Kein Druckfehler: 116. »Dabei stammten 47 von ihnen aus Asien, 25 aus Europa, 25 aus Amerika und 19 aus Afrika oder der übrigen Welt.« Die Adoptionsstatistik zeigt außerdem sinkende Zahlen in allen Bereichen: In den Neunzigerjahren wollten durchschnittlich 20000 Paare ein Kind adoptieren, etwa 8000 Kinder pro Jahr wurden adoptiert. Seit 2009 wurden durchschnittlich nur noch weniger als 4000 Kinder adoptiert und die Zahl der »adoptionswilligen Vormerkungen« ging in diesem Zeitraum stetig zurück von circa 7000 auf knapp über 4000 seit 2017, während konstant um die 800 Kinder und Jugendliche »zur Adoption vorgemerkt« waren.

Was diese Zahlen und Veränderungen bedeuten, wurde 2018 in einem Artikel des Berliner *Tagesspiegel* beschrieben: »In Deutschland werden weniger Kinder adoptiert, was auch an den besseren Möglichkeiten der Reproduktionsmedizin liegen könnte«, »angesichts der vielfältigen gesellschaftlichen, familien- und sozialpolitischen Entwicklungen in den letzten Jahrzehnten müsse allerdings von einer Reihe weiterer möglicher Einflussfaktoren ausgegangen werden.

So habe sich das traditionelle Familienbild gewandelt, verschiedene Familienformen würden heute eher akzeptiert. So würde heute ein Kind seltener zur Adoption freigegeben, um dadurch eine soziale Stigmatisierung zu vermeiden. Alleinerziehende sind heute beispielsweise keine Randgruppe mehr und stehen damit weniger unter Druck, ihr Kind abzugeben.« Wobei: »Trotz der rückläufigen Zahlen übertrifft die Zahl der Bewerbungen noch immer die Zahl der Kinder, die zur Adoption stehen: 826 Kinder und Jugendliche waren 2016 vorgemerkt, bei 5266 Adoptionsbewerbungen kommen damit im Schnitt sechs Bewerberpaare auf jedes Kind.« Von der Messe »Kinderwunsch Tage« berichtete die Autorin von weiteren Veränderungen in der Adoptionszone: »Auch Agenturen, die Leihmütter vermitteln, stellen sich auf der Messe vor. Frauen tragen dabei eine fremde befruchtete Eizelle für ein Paar aus, in Deutschland ist dies verboten. Etwa 80 000 Euro kostet ein ›Komplettpaket Kind‹ in den USA, in der Ukraine ist es ab rund 24 500 Euro zu haben. Wie viele Kinder deutscher Paare über Leihmütter geboren werden, ist nach Angaben des Auswärtigen Amts nicht erfasst. Deutsche Auslandsvertretungen würden aber ›über eine Zunahme solcher Fälle‹ berichten (…) Allerdings gibt es vor deutschen Gerichten immer wieder Streit um die Anerkennung der Elternschaft von Kindern, die von Leihmüttern im Ausland geboren wurden. Auch müssen sich Paare mit der ethischen Frage auseinandersetzen, dass eine Frau womöglich aus finanzieller Not heraus ihren Körper ›verleiht‹, um ein Kind zu gebären, das sie dann gleich nach der Geburt abgeben muss.«

Ergänzung aus neuerer Zeit: Die bei Deutschen beliebten ukrainischen Leihmütter sind seit dem russischen Angriffskrieg nicht mehr so gefragt. Ergänzt mit diesem Detail zu Krieg und Adoption: »Als in den USA ein Verbot für die Adoption russischer Kinder erlassen wurde, jagten wir nach Geschichten über schlechte amerikanische Eltern«, berichtete die russische Fernsehjournalistin Marina Owsjannikowa, der die Flucht aus Russland geglückt war, nachdem sie live auf Sendung mit einem Plakat gegen den Angriffskrieg gegen die Ukraine protestiert hatte.

Er hatte den Tod nicht riechen können. Im letzten Zimmer, in dem seine Mama drei Wochen gelegen hatte, ehe sie ins Krankenhaus eingeliefert worden war, hatte es nicht nach ihrem nahenden Tod gerochen. Nur nach viel Medizin und frischer Wäsche in einem sauberen Zimmer. Das Sterben und das Herankriechen des Todes, das er mitbekommen hatte, hatte anders gerochen, gestunken … In einer kleinen Zweizimmerwohnung bekam er sein erstes eigenes Zimmer in München. Fünfzehn Quadratmeter, zweihundert Mark pro Monat. Die Wohnungen im vierstöckigen Haus waren aufgelöst worden und wurden nun als Einzelzimmer vermietet, ausgestattet mit Möbeln, die man auf einem Flohmarkt kaum noch hätte verkaufen können, eine Dusche für alle im ersten Stock. Im Zimmer nebenan wohnte ein siebzigjähriger Mann, der langsam vor sich hin starb, schon bald nach dem Einzug des neuen Mieters nicht mehr aus seiner Kammer kam, nur noch bis zum Klo, das sie sich teilten. Er war alleinstehend, niemand kümmerte sich um ihn, nie ein Besuch. Er verreckte an Leberzirrhose, und der Gestank nach Scheiße, Kotze und anderem Ausfluss kroch aus seinem Zimmer in die ganze Wohnung, so durchdringend wie sein keuchender Husten und das gequälte Stöhnen in der Nacht. Der junge Möchtegernschriftsteller aus der Provinz brachte dem Alten alle paar Tage etwas vom Einkaufen mit, Zigaretten, Schnaps, verpackte Scheiben Brot, Tütensuppen. Und musste sich zu ihm setzen, so unerträglich es war. Der Sterbende war ein ehemaliger Schauspieler, zeigte Fotos aus den guten Tagen, Boulevardtheater, Filmkomödien der fröhlichen Fünfzigerjahre, Kostümfilme, ein Foto des schon vom Tod Gezeichneten als stattlicher preußischer Offizier mit Weißhaarperücke; aber immer nur Nebenrollen, sagte er mit schwacher Stimme, mehr war nicht drin, ist aber gut gelaufen. Und auf einmal sei dann jedoch nichts mehr gegangen, als er so sechzig war, und jetzt liege er hier, am Ende allein, in diesem Zimmer. Ein Häufchen elendigstes Elend. Sie tranken Schnaps zusammen und rauchten und der gescheiterte alte Künstler ermahnte den hoffnungsvollen jungen Künstler, immer an die Altersvorsorge zu denken, der mit so einem Denken seine Zeit nicht verschwenden wollte, die Warnung und vor allem ihr Aussehen jedoch nie vergessen sollte … Einige Tage nachdem die Leiche rausgeschafft worden war, betraten zwei Männer um die dreißig das Sterbezimmer, um den Rest zu erledigen, seine Söhne. Sie traten mit den Schuhen gegen Plastiktüten, die sie nicht auspackten, und wühlten in Schubladen. »Natürlich nichts«, sagte einer. »Von dem alten Arsch haben wir noch nie irgendwas Gutes mitbekommen«, sagte der andere. Die Verachtung im Raum war so überwältigend wie der Gestank.

Die Mama hatte ihn in diesem ersten Zimmer ein einziges Mal besucht, der Papa in den vier Jahren, die er dort wohnte, nie, und es war ihm auch lieber, wenn sie ihn da nicht besuchten. Aber die Mama kündigte sich erst einen Tag vorher an und konnte mit keinem vorsichtigen Hinweis abgehalten werden. Sie betrat sein Zimmer, begutachtete alles, noch ehe sie Mantel und Kopftuch abgelegt hatte, und musste mit keinem Wort zu verstehen geben, dass sie zutiefst schockiert war. Ein alter Zwei-Platten-Herd zwischen Waschbecken und Bett, ein zerschrammter Nachtkasten, Plattenspieler auf dem Boden, Töpfe und Teller auf dem Ölofen. Am wackligen und fleckigen kleinen Tisch musste zuerst, wie es bei einem Besuch üblich war, Kaffee getrunken werden. Alles war furchtbar peinlich; der Zucker im Kaffee wurde endlos lange verrührt. Der Zustand, in dem der Sohn jetzt lebte, schlug ihr so auf den Magen, dass keine Unterhaltung möglich war.

»Und dafür bist du weg von daheim«, sagte sie leise. Mehr brachte sie nicht heraus. Und meinte damit auch, ohne es auszusprechen, dass er sich für so was mit dem Vater zerstritten hatte.

»Ich bin doch nicht *dafür* weg, sondern weil es nicht anders geht, wenn man studieren will. Ich suche doch schon nach einem anderen Zimmer, das ist doch bloß eine Übergangslösung. Ist doch alles da, was man zum Leben braucht, oder?«

Sie schüttelte nur den Kopf, diesen Unsinn konnte er sich sparen, und als der Kaffee schnell ausgetrunken war und ehe er ihr mehr Unsinn erzählen konnte, holte sie eine Sprühflasche aus ihrer Einkaufstasche und machte sich an die Arbeit, das Fenster zu putzen. Er sah wohl nicht richtig, das war doch die Höhe, die Mama kam zu Besuch und machte einen nach fünf Minuten wahnsinnig. Er herrschte sie an, sofort damit aufzuhören, sie reagierte nicht. Es war so, wie er befürchtet hatte … Obwohl er sie auch bewunderte. Weil sie allein mit dem Zug gekommen war und es allein vom Hauptbahnhof bis nach Schwabing geschafft hatte, und natürlich ohne so ein teures Taxi zu nehmen. Hatte er ihr nicht zugetraut. Auf dem Bild, das er von ihr hatte, stand sie nach zwei Stunden Fahrt ratlos am Hauptbahnhof der großen Stadt und sah ängstlich in eine fremde und undurchschaubare Welt. Und als sie ihm auch noch gestand, dass der Papa nichts von ihrem Besuch wusste, weil er es nicht erlaubt hätte, konnte er es nicht glauben, sie hatte einen Plan gemacht und sich Tricks ausgedacht, um ihren Sohn besuchen zu können, und sie hatte gegen ihren Mann gehandelt.

Die Auseinandersetzungen mit dem Vater hatten sich so zugespitzt, dass er dem Adoptivsohn verboten hatte, sein Elternhaus jemals wieder zu betreten. Der Grund für diese radikale Maßnahme waren die langen Haare des Sohns – die reichten bis über die Schultern und waren für den Vater ein Symbol größter Verdorbenheit und größter Verachtung von allem, was er für anständig hielt, und zweifellos ein Signal für den Untergang des Abendlands und vor allem ein Frontalangriff gegen die väterliche Autorität, die der Sohn, verzogen in eine andere Stadt, nicht mehr ertragen musste und für den ein Nachgeben in dieser lächerlichen, grotesken Haargeschichte undenkbar war. Die Mama litt darunter, stimmte diesem Hausverbot keineswegs zu, hatte aber nichts mitzureden, und für den Vater in seiner Funktion als Feldwebel der Familie war ein Abrücken von seinem Befehl genauso undenkbar. Wenn sie einmal pro Woche mit ihrem Jungen telefonierte, was der Vater ebenfalls nicht mitbekommen durfte, weinte sie, es war unerträglich, und er war immer nah dran, aufzugeben, nachzugeben, um ihr diese zermürbende Situation endlich zu ersparen.

Das Bizarre an diesen langen Männerhaaren war nicht nur, dass sie den Vater in den Wahnsinn trieben, sondern dass der Langhaarige deswegen auch von den Punks und New-Wave-Leuten, in deren Gesellschaft er sich um 1981 hauptsächlich bewegte, oft schräg angesehen und immer wieder auch angequatscht wurde: Was war mit ihm los, war er etwa so ein bescheuerter Hippie, der seinen Arsch mal besser aus ihren Kreisen fortbewegen sollte? Aber nein, das war er nicht, Jesusmaria! Er war doch nur ein um Jahre zurückgebliebener Provinzjunge, der mit den langen Haaren eine spezielle Sache mit seinem Adoptivvater zu erledigen hatte. Und es war in diesem Getümmel gegeneinanderkrachender Generationsmerkmale sogar noch komplizierter: Eine der wichtigsten neuen Bands von 1982, die heute legendären und längst nicht mehr existierenden 39 Clocks – deren Fan der Langhaarige so wie viele in dieser Szene damals sofort war –, hatte sich von Punk- und New-Wave-Haarmoden schon wieder entfernt und trug schon wieder mittellange Haare, die weder gefärbt noch durch Schnitte eindrucksvoll verändert worden waren. Und diese 39 Clocks waren außerdem nicht nur von den Sounds der letzten Jahre geprägt, sondern hatten sich deutlich von den amerikanischen und natürlich auch von gewissen Hippies durchsetzten Garagenbands der Sechzigerjahre inspirieren lassen. [*Das sind doch unnötige Details, die kaum jemand versteht!*]

Dieses sensationelle und viel mehr als nur *haarige* Durcheinander, in dem er sich befand, war in seinem ganzen Ausmaß – das sich von seinem sechzigjährigen Vater bis in den popkulturellen Underground erstreckte, wobei ihm erst später klar wurde, dass in diesem Underground, der sich auch über den Hass auf die Neue Deutsche Welle mit ihren Nenas und sonstigen Gestalten definierte, ebenfalls zu viele strikte Regeln und dumme Vorurteile galten, denen man offensichtlich auf keinem Platz der Erde entging, was dennoch nicht verhinderte, dass er lebenslänglich von dieser Zeit und diesen Randgruppen geprägt und dafür sogar dankbar war – das ganze Ausmaß dieses haarigen Durcheinanders war – jedenfalls für ihn – kaum zu erkennen gewesen.

Leider konnte er mit seinem Papa, als er ein Jahr danach wieder kurze Haare hatte, und auch später, nie darüber diskutieren. Oder lachen: dass er, der Papa, mit seinen Ansichten über anständige Haartracht Verbündete aus ganz anderen Richtungen gehabt hatte. Während es damals für den Adoptivsohn um mehr gegangen war, für ihn war es wahrscheinlich der entscheidende Moment gewesen, an dem er geglaubt hatte, beweisen zu müssen, dass er ein Mann war, der fähig war zu tun, was ein Mann tun musste: stur bleiben, sogar gegen den eigenen Adoptivvater – für den er damit auf dem Gipfel der Undankbarkeit war –, und selbst wenn er damit seiner Mama das Herz brach, das ihr auch von ihrem Mann gebrochen wurde.

Und dennoch hatte sie sich auf den für sie nicht leichten Weg gemacht, um ihn zu besuchen und sein Fenster zu putzen.

»Womöglich war das Paar zu jung für so viel Verantwortung. Vielleicht war dieses Ei das Ergebnis eines One-Night-Stands.« Jedenfalls lag nun im Zoo ein einsames Flamingo-Ei. Zum Glück entdeckten es die Tierpfleger rechtzeitig und legten es vorübergehend in den Brutkasten, ehe sie es »einem kinderlosen Paar« unterschoben, genauer gesagt »zwei schwulen Flamingos, die schon mehrere Findelkinder großgezogen haben. Dem Leiter des Vogelschutzteams zufolge besitzen die beiden größte Kompetenz als Adoptiveltern«, denn als das Küken da war, »blieben sie zwei Wochen lang bei ihm, hielten es warm und beschützten es vor anderen Flamingos.« Auch mit der Ernährung hatten die beiden kein Problem, denn die Babymilch wird bei Flamingos »sowohl von Weibchen als auch von Männchen produziert«.

Nach dem Tod des Jazzpianisten Billy Tipton erlebten seine drei Adoptivsöhne 1989 eine Überraschung, die wohl ziemlich selten vorkommt. Als der Amtsarzt den Leichnam untersuchte, musste er feststellen, dass der mit 74 Jahren verstorbene Vater kein Mann, sondern eine Frau gewesen war. Ohne es zu wissen, hatten die Adoptivsöhne zwei Adoptivmütter gehabt, von denen ihnen die eine ein guter Vater gewesen war. Der schon als junge Frau konsequent als Mann aufgetreten war und dann fünfmal geheiratet hatte. Mit einer Ausnahme wussten Tiptons Ehefrauen nicht, dass er kein Mann und die Ehe damit ungültig und eine strafbare Handlung war; nur die mit ihm verheiratete ehemalige Stripteasetänzerin erklärte nach seinem Tod, sie habe schon gewusst, dass ihr Mann eine Frau gewesen war.

1914 als Dorothy Lucille Tipton geboren, kannten Billy Tiptons Geschichte bei seinem Tod nur wenige, und sie selbst hat sich nie geoutet und kein »Bekennerschreiben« hinterlassen. Bald darauf ging die Story jedoch um die halbe Welt: »Billy wurde buchstäblich zum Aushängeschild eines neuen, zwischen Sex (biologisch) und Gender (gesellschaftlich) differenzierenden Bewusstseins«, schreibt Biographin Diane W. Middlebrook. Von seinen Ehefrauen habe keine den Eindruck gehabt, mit einer lesbischen Frau verheiratet zu sein, denn Tipton war keine, sondern »ein Nachahmungstalent« und »eine geniale Illusionistin«, die quasi die Aufgabe hatte, »sowohl die Rolle wie auch den Schauspieler, der sie spielte«, zu spielen.

Unter den vielen, nie ganz greifenden Erklärungen, die diesen vielschichtigen und bis heute rätselhaften Fall von *gender blending* begleiten, ist auch diese sicher nicht völlig falsch: Was sollte in den Dreißigerjahren ein weißes Mittelschichtsmädchen aus der Provinz denn auch sonst tun, wenn es in einer Jazzband spielen wollte? Die tragische Note: Als Billy Tipton an einem Punkt seiner bescheidenen Karriere die Chance hatte, durch ein größeres Plattenlabel bekannter zu werden, verschwand sie in eine Kleinstadt, aus Angst vor Popularität und der damit verbundenen Gefahr, jemand aus seinen alten Mädchentagen könnte sie erkennen und verraten. Als nach dem Ausbruch des Rock 'n' Roll das Interesse für Swing-Jazzbands ohne Starbesetzung immer geringer wurde, betätigte sich Billy Tipton vor allem als Agent und Conférencier für mäßig talentierte Provinzmusiker und Zauberkünstler. Er starb verarmt in seinem Wohnwagen, in den Armen des jüngsten seiner drei Adoptivsöhne, der nach der Entdeckung des Amtsarztes sagte: Für ihn werde diese Frau immer sein Dad bleiben.

Wenige Tage vor ihrem Tod hatte er zum letzten Mal einige Stunden allein mit seiner Mama verbringen können. Sie hatte sich beim Aufzerren der alten Hühnerstalltür leicht verletzt, musste aber im Bett liegen und wurde dabei immer schwächer. Das Liegen fraß die Kraft, die sie zum Aufstehen gebraucht hätte. Wenn sie jünger wäre, dann wäre das gar nichts, meinte der Arzt, aber so, mit neunundsiebzig, das Herz macht nicht mehr mit … Eine schwere Müdigkeit lastete auf ihr wie ein schweres Vieh, unter dem sie nicht mehr hervorkriechen konnte, und er wusste nicht, ob sie wusste, dass sie es nicht mehr schaffen würde. Sie schien es zu ahnen.

Konnte sich noch ärgern und einen für sie typischen Satz sagen: So viel Arbeit und ich lieg auf der faulen Haut, das darf man keinem sagen!

Sie hatte nie viel geredet, keine langen Erzählungen über ihre Kindheit oder andere Lebenserfahrungen. Jetzt fing sie zu reden an. Sachen, von denen er noch nie gehört hatte. Sie wollte wissen, wie es ihrer Enkeltochter in der Schule ging, und legte los.

»Früher war in der Schule alles anders. Wir haben vielleicht böse Lehrer gehabt. Wenn da bloß einer komisch geschaut hat, wir sind so viel geschlagen worden. Wenn da bloß einer irgendwas, praktisch wegen gar nichts. So schnell hast du nicht schauen können. Das waren vielleicht Lehrer, was mit denen bloß los war. Und daheim hast du dann auch wieder nichts sagen dürfen, sonst.«

Sie redete nicht weiter, und er sagte etwas, nur damit etwas gesagt wurde: »Sogar wir sind dann noch in der Schule geschlagen worden. Du kannst froh sein, dass ich kein Lehrer geworden bin. Und der Papa hat immer gesagt, ein Lehrer haut meinen Sohn nicht, das mache ich selber, wenn es sein muss, aber kein Lehrer, und wenn es mal wieder passiert ist, dann ist er in die Schule und hat den Lehrer zur Sau gemacht, da kannte er nichts, weißt du noch?«

»Aber du hast ja immer deinen eigenen Kopf gehabt«, sagte sie vorwurfsvoll, »das war auch nicht recht. So viele Sorgen, was macht er denn. Der Bub hätte doch bei uns bleiben! Aber nein. Das hat den Papa immer sehr.«

Sie redete sich etwas in Wut hinein, und die Aufregung schien sie aufzumuntern. Er wollte nicht protestieren, nicht mehr darauf pochen, dass er sie mit diesem eigenen Kopf nie hatte verletzen wollen, sondern machte sich demütig darauf gefasst, dass sie ihm noch mehr vorwerfen würde, die Undankbarkeit des Adoptivsohns, er würde alles einstecken. Aber die Wege, die ihre Gedanken einschlugen, waren nicht vorhersehbar. Weil ihr der Papa in den Sinn gekommen war, ging sie jetzt viel weiter in ihre Vergangenheit zurück.

»Der Papa konnte nichts dafür. Aber so viel habe ich mich über unsere Hochzeit geärgert, schämen muss man sich«, sagte sie, noch aufgebrachter. Als könnte sie gleich aus dem Bett springen, weil sie es so satthatte, seit zwei Wochen ans Bett gefesselt zu sein und nichts anderes tun zu können, als sich zu ärgern.

»Weil alle eure Gäste so besoffen waren, stimmt's?« Er wusste, dass die Besoffenen bei ihrer Hochzeit am 20. Juli 1944 nebensächlich waren, und wollte sie von der Hauptsache ablenken: »Weil ihr kein Geld gehabt habt, aber das war denen ganz egal.«

»So schnell hast du nicht schauen können, wie die besoffen waren. Weil, es hat ja nichts gekostet. Nein, so was Unverschämtes, die haben mich vielleicht. Aber der ganze Tag. Schon mittags war es nichts, der Papa kam nicht, weil mit dem Zug was war. Zuerst hat man nicht gewusst, ob er frei bekommt. Der Krieg. Jetzt hat er frei bekommen und dann kommt er nicht. Ich habe so viel geweint. Jetzt ist Hochzeit und er kommt nicht. Und dann die Mutter wieder: Die Männer sind im Feld, da kannst du doch daheim nicht weinen! Wir hatten so eine böse Mutter. Dann kam er endlich doch noch. Aber dann hat es schon gleich geheißen, das Attentat!

Alle haben nur noch vom Attentat geredet. Ist der Hitler jetzt tot, man wusste noch nichts. Tanzen durfte man auch nicht. Jetzt heirate ich einmal und ausgerechnet.«

Sie ärgerte sich wie damals. Es war heute immer noch wie gestern. Sie schaute aus dem Fenster und wollte nicht weiter so daherreden. Aber sie strich ununterbrochen mit den Händen über die Bettdecke und ballte sie immer wieder zur Faust. Das Leben ließ ihr keine Ruhe, und ihre Gedanken flatterten, wohin sie wollten.

»Wie ist es draußen?«, fragte sie.

»Ganz ekelhaft, ein saukalter Wind, sei froh, dass du im Bett liegen kannst.«

»Wenn man will, kann man nicht, und wenn man muss, will man nicht«, sagte sie.

Sie wollte aus dem Bett raus und hinaus, aber die Kraft ging ihr aus und sie schien einschlafen zu müssen. Er wollte nicht, dass sie einschlief, sie sollte bei ihm bleiben. Sollte er das Radio anmachen? Nein. Etwas vorlesen, etwas Lustiges vielleicht? Oder etwas von früher, ein Märchen, was war denn eigentlich ihr Lieblingsmärchen? Nein, nichts. Er überlegte, ob der Moment gekommen war, sie zu fragen, wie das damals gewesen war, mit seiner Adoption. Hatte sie sich nur dem Wunsch ihres Mannes gefügt oder selber unbedingt noch einen Sohn bekommen müssen, den sie jedoch nicht mehr selbst gebären konnte? Durfte er sie jetzt mit solchen Fragen belasten? Würde es sie belasten? Und wann, wenn nicht jetzt? Er holte sich ein Bier aus der Küche. Wollte sie ein Glas Bier? Sie trank nie viel, ein kleines Glas gerne, aber nein. Es war viel zu still, hier im Haus seiner Schwester, alle waren irgendwo. Die Mama wollte lieber in ihrem eigenen Haus nebenan liegen, aber das ging nicht, es war zu umständlich. Seine Schwester kümmerte sich um ihre Mama, wie man sich nicht besser kümmern konnte und wie sie schon den kranken Papa betreut hatte, und er war auch ein wenig froh, dass er nicht so viel Verantwortung wie seine Schwester übernehmen konnte, weil er nicht in der Nähe wohnte. Es war so still im Haus, dass das Ticken der großen Uhr im Wohnzimmer nebenan laut zu hören war. Wie das Ticken einen Fetzen nach dem anderen von der Zeit abschlug. Dann endlich die Idee, was ihr sicher gefallen würde, und danach wäre sie so gefestigt, dass sie ein paar – vielleicht unangenehme – Fragen gut ertragen würde.

»Wenn du willst, kann ich dir gerne was aus der Bibel vorlesen.«

Sie stieß sofort heftig und verächtlich Atem aus: Phh! Als wäre die Bibel das Letzte, was sie interessieren würde, und überhaupt das Allerletzte.

»Was ist denn los, Mama? Was ist passiert?«

Sie presste die Lippen zusammen, wollte es nicht sagen, hatte Tränen in den Augen, er nahm ihre Hand und sagte, dass sie es ihm erzählen musste.

»Ich versteh's ja bis heute selber nicht«, sagte sie. Sah aus dem Fenster. »Morgen besucht uns der Herr Pfarrer, hat der Lehrer gesagt. Aus der Stadt. Und dann haben wir das üben müssen, aufstehen, grüßen. Wenn der Herr Pfarrer reinkommt, dann steht jedes Kind auf und sagt: Heil Hitler! Alle zusammen, laut und deutlich. Die rechte Hand so, der Hitlergruß. Das haben wir dann geübt. Der Arm musste richtig in der Richtung. Er ist mit seinem Lineal herumgegangen. Wenn es nicht richtig war, auf die Hand. Da auf die Knöchel. Dann war es wieder nicht schön gesagt. Das war dann schon eine Stunde, immer wieder, bis es dann alle anständig. Mein letztes Schuljahr. Ich war vielleicht froh, als die Schule vorbei war. Und dann war es auch wieder nichts. Arbeiten auf dem großen Hof. Und weg von daheim. Nur zwanzig Kilometer, aber so weit weg. Ich wollte nicht, aber die Mutter. Ein kleines Mädchen und so ein großer Hof. Dreißig Leute am Tisch, ich war die Jüngste. Beim Essen der Bauer immer zuerst, dann die Familie, und bis dann ich, war fast nichts mehr. Wenn ich alle paar Sonntage heimkam, habe ich vielleicht einen Hunger gehabt. Und die Mutter hat mich immer so angeschaut. Wie ein Gast bin ich mir vorgekommen. Warum darf ich denn nicht jeden Sonntag heim? Du wohnst jetzt woanders. Die Arbeit geht vor. Ich habe nur geweint.«

»Aber hat dir der Opa denn nicht geholfen?«

»Nichts hat er gesagt. Daheim immer nur die Mutter. So ein böses Weib. Und nach dem Gefängnis war es gar nichts mehr mit ihm. Aber mit uns war er nicht schlimm. Anders war er. Nicht mehr lustig.«

»Der Opa war im Gefängnis? Das glaube ich jetzt aber nicht, dass der Opa im Gefängnis war. Wann soll denn das gewesen sein?«

»Da war schon Krieg, als er heimkam. Sieben Jahre. In Landsberg war er. So eine Schande.«

»Er war sieben Jahre im Gefängnis? Das hast du mir noch nie erzählt, davon hab ich ja noch nie was gehört.«

Sie lächelte, es gab immerhin noch etwas in ihren düsteren Erinnerungen, das sie belustigte: »Dann hat er immer gesagt, ein richtiger Mann muss im Gefängnis gewesen sein. Das hat deinem Papa gar nicht gepasst.«

»Das kann ich mir vorstellen. Das hättest du mir aber schon früher sagen können, dass der Opa so ein verreckter Hund war – Mama, bist du wirklich sicher, dass du nichts durcheinanderbringst? Vielleicht warst du selber im Gefängnis, weil du deiner Mutter den Hals umgedreht hast.«

»Das war wegen der Versicherung, sie haben eine Scheune angezündet, er und sein Onkel, oder unser Onkel, ich weiß es nicht mehr. Die ganze Scheune und voll mit Maschinen. Aber einer hat sie hingehängt. Sieben Jahre haben wir den Vater nicht gesehen. Fünf Kinder. Kein einziger Besuch. Die Mutter hat es nicht erlaubt, immer nur sie allein. So eine böse Frau, unsere Mutter.«

Sie fing zu weinen an. Und schämte sich. Weil sie verzweifelt war und weinte und vielleicht auch, weil sie es gewagt hatte, die eigene Mutter als böse Frau zu bezeichnen, und er sagte zu ihr, dass ihr Vater damals doch nichts wirklich Böses angestellt hätte und dass auch das Gefängnis keine Schande sei. Er wollte sie fragen, was denn ihr Vater, den sie gemocht hatte, zu ihrem Adoptivsohn gesagt hatte, den er immerhin noch drei Jahre erleben konnte. Der Adoptivsohn verstand jetzt selbst nicht, warum er sie das noch nie gefragt hatte. Und jetzt traute er sich nicht, seiner weinenden alten Mama, die im Bett gefangen war, auch noch so eine Frage zu stellen.

»So eine Schande – und so ein Scheißdreck mit diesem

Pfarrer«, sagte sie, hatte sich noch nicht wieder beruhigt, es musste raus und sie sagte es noch mal: »Ich versteh's bis heute selber nicht.« Und er konnte sich nicht erinnern, dass er sie jemals ein Wort wie Scheißdreck hatte aussprechen hören.

»Der Lehrer hat doch gesagt, so müssen es alle machen. Der Pfarrer aus der Stadt kommt rein, und ich steh auf und sag: Heil Hitler! So haben wir es doch üben müssen. Aber im nächsten Moment merk ich, ich bin ja ganz allein aufgestanden. Ich hab ganz allein Heil Hitler gerufen. Ich war die Einzige, aber der Lehrer hat es doch gesagt. Und der Pfarrer kommt her zu mir und haut mir ins Gesicht, links und rechts. Ich weiß es bis heute nicht, ich weiß nicht, was los war.«

Die Tränen liefen ihr wieder übers Gesicht, und er wusste nicht, was er dazu sagen sollte, und es strengte sie an, auch noch den Rest rauszubringen.

»Dann war der Pfarrer wieder draußen, und der Lehrer kommt her zu mir. Haut mir auch noch ein paar runter. Und dann haben alle Kinder gelacht.«

»Das ist doch so lang her, Mama, du hast nichts Schlimmes gemacht, du warst doch noch ein kleines Mädchen.«

»Ich weiß es bis heute nicht.« Sie wischte sich mit einem Tuch die Tränen ab. War völlig erschöpft.

»Es gibt Sachen aus der Kindheit, die man nie verstehen kann, Mama, das geht jedem so. Vergiss es, denk jetzt mal an was Schönes.«

»Bis heute höre ich sie lachen«, sagte sie.

Seine Mama war an Schläuche angeschlossen und nicht mehr bei Bewusstsein, als er eine Woche danach mit Frau und Tochter ins Krankenhaus kam. Nach dem Anruf seiner Schwester, dass es jetzt mit der Mama plötzlich schnell gehe, hatten sie zwei Stunden gebraucht. Die Familie seiner Schwester und seine eigene Familie saßen schweigend bei ihr. Sie wachte nicht mehr auf und war eine Stunde später gestorben. In ihren letzten Minuten war er nicht bei ihr. War ins Krankenhauscafé gegangen, um schnell ein Bier zu trinken. Nicht schnell genug.

Als der Papa ein Jahr davor gestorben war, war er ebenfalls nicht bei ihm gewesen. Beide Adoptiveltern waren gestorben, ohne dass ihr Adoptivsohn in den letzten Minuten ihre Hand gehalten hätte. Das gab ihm für den Rest seines Lebens zu denken. Machte ihm immer wieder ein schlechtes Gefühl. Ein Du-warst-undankbar-Gefühl. Sie hatten ihn aufgenommen, und er hatte ihnen nicht genug Dank erwiesen. Und wenn es nicht Undankbarkeit war, dann hatte er ihnen viele Jahre so viele Probleme bereitet, dass sie es als Undankbarkeit verstehen mussten. Aber *mussten* sie es oder hatten sie es eben so verstanden? Es würde auf nichts mehr eine Antwort geben. Auch keine Antwort von außen, die ihm versichern konnte, dass er sich nicht undankbar verhalten hatte. Undankbar: ein Wort aus den vernebelten Gefühlswelten, von dem keine Sau wusste, wann genau es zutreffend war.

Er gibt nichts auf Träume, behauptet er, findet nur manche so spannend wie ein spannendes Gedicht, in dem man sich nicht alles erklären kann. Nur zwei-, dreimal im Leben ein Traum mit seiner leiblichen Mutter. In diesem ist seine Mutter wieder einmal zu Besuch in ihrer bayerischen Heimat. Sie treffen sich ab und zu und machen was zusammen. Sie fährt das Auto, sie sind auf dem Weg zu ihren Eltern, aber seltsamerweise ist es die Straße zum Bahnhof in seiner Adoptionsstadt, also völlig falscher Weg, und er versteht nicht, wie sie dort hingekommen sind. Die Mutter sagt, dass sie Sachen vergessen hat, und dann fällt ihr ständig noch etwas ein, das sie vergessen hat. Dann wird ihr bewusst, dass sie auch noch das Geld vergessen hat, und sie schlägt auf das Lenkrad und sagt, dass es ihr langsam reicht. Er sagt, dass er genug Geld dabeihat und ihr was geben kann. Aber jetzt reicht es ihr endgültig, und dann stehen sie in der großen Empfangshalle eines Hotels und sie schreit herum, dass sie immer so unter Druck ist, wenn sie auf Elternbesuch aus Amerika da ist.

Der Empfangstresen des Hotels ist sehr breit und befindet sich einige Stufen erhöht über dem Boden der Eingangshalle. Sie steigt hinauf, beschwert sich und rudert dabei mit den Armen. Er kann nicht verstehen, was sie sagt. Er sieht die Köpfe von der Frau und dem Mann an der Rezeption nur, wenn sie sich vorbeugen. In ihren Gesichtern Ratlosigkeit, sie wissen nicht, was sie mit seiner aufgebrachten Mutter anfangen sollen. Er hat das starke Bedürfnis sich einzuschalten, denn er hat das Gefühl, dass es irgendwie gefährlich werden könnte. Er winkt, um sich bei den Rezeptionisten bemerkbar zu machen, und ruft zu ihnen hinauf: She does very good now, she is very real! Er zeigt ihnen den gestreckten Daumen. Er will ihnen damit erklären, dass sie nur eine Schauspielerin ist, die ihnen ihre Aufregung nur vorspielt. Aber er ist sich selbst nicht sicher, ob sie wirklich nur spielt.

Plötzlich fällt ihm auf, weil er den Mund aufgemacht hat, dass er auch etwas vergessen hat: seine Zähne! Er steht da im Hotel und hat keine Prothese im Maul. Und sagt zu seiner Mutter, irgendwie erleichtert und sogar fröhlich: »Jetzt sind wir beide so peinlich!«

Seine Tochter war sieben, als sie bei einer Autofahrt zu seinen Eltern ihre Mutter fragte, warum er, der Vater, immer so schlechte Laune habe, wenn sie einen Besuch in seiner alten Heimat machten. Er hatte das sofort entschieden bestritten. Kam natürlich nicht durch damit. Seine Frau lächelte nur: weil das Kind so gut beobachten konnte (wie alle Kinder, egal, ob sie sich irgendwann fragen, ob es stimmt, dass alle Kinder ihre Eltern so schlecht kennen).

Er befürchtete bei diesen Besuchen immer, dass seine Tochter Unsinn über seine Adoption zu hören bekommen könnte. Aber er musste seinen Eltern nie ins Wort fallen. Rechnete ihnen hoch an, dass sie die Probleme, die sie mit ihm gehabt hatten, nicht an ihr Enkelkind weitergaben. Obwohl sie in der Zwischenzeit garantiert keine Pädagogikratgeber gelesen hatten.

»Warum hast du nie daran gedacht, eine Therapie zu machen?«

»Daran gedacht schon, aber nie lange. Wollte mich nie so ausführlich damit beschäftigen.«

»Weil du so was blöd findest?«

»Nicht grundsätzlich, nur für mich. Muss jeder selbst wissen. Ich hatte nie das Gefühl, größere oder dauerhafte Probleme damit oder deswegen zu haben. Ist nicht ausgeschlossen, aber warum graben, wenn es nicht ausbricht.«

»Die berühmten schlafenden Hunde wecken.«

»Ich habe fast nie was geträumt, was irgendwie damit zu tun hatte. Ich warte seit dreißig Jahren auf den Traum mit dem Mann, der mich gezeugt hat. Aber nichts. Halt ich für ein gutes Zeichen.«

»Find ich trotzdem seltsam, dass du dich nie für ihn interessiert hast. Und sogar irgendwie bedenklich.«

»Ich warte auf den Traum, der mir befiehlt, ihn zu finden. Ihn, seine Kinder oder sein Grab. Aber ich will ja nichts auf Träume geben.«

»Und glaubst, dass wir nie ankommen.«

Er war fünf Jahre im Jugendarrest. Ging jeden Montagnachmittag durch drei Stahl- und Holztüren rein – wobei er nie durchsucht wurde –, um einer kleinen Gruppe sechzehn- bis einundzwanzigjähriger Frauen und Männer, die zu einer bis vier Wochen Jugendarrest verurteilt worden waren, aus einem Buch vorzulesen, das seiner Meinung nach ihr Interesse wecken könnte (angeblich *pädagogisch Wertvolles* ausgeschlossen), und darüber zu diskutieren. In diesen fünf Jahren kam es nur einmal zu einer guten Adoptionsgeschichte. Ob er in den Knast ging, weil er einen Stoff für sein Schreiben suchte, wurde er von Bekannten oft gefragt. Das war nicht der Fall (und bis zu diesen Zeilen hatte er nie etwas darüber veröffentlicht).

Weil aufgrund der relativ geringen Haftzeit eine hohe Fluktuation in der Gruppe herrschte und es sogar immer wieder vorkam, dass er beim nächsten Mal kein bekanntes Gesicht entdeckte, stellte er sich am Anfang jeder Sitzung vor, meist spulte er es gelangweilt ab: Alter 54, verheiratet, eine Tochter, Ausbildung: keine, Beruf: weder Sozialarbeiter noch Lehrer oder Polizist, sondern Schriftsteller. Worum geht's: Er liest was vor und sie sprechen darüber, aber sie spielen hier nicht Schule, man muss nicht aufpassen, kein Ausfragen, niemand muss was sagen und wer was sagen will, sagt es einfach, einzige Regel: Wer die Leute, die mitmachen wollen, daran hindert, geht wieder in die Zelle, das hier ist freiwillig, alles klar? Ihr tief sitzendes Misstrauen gegen jede Art von Aufsichts- und Kontrollperson war damit nicht beseitigt. Als wäre es nur ein neuer Dreh, dass er sich nicht als Sozialarbeiter bezeichnete, wurde er immer sofort gefragt, warum er in den Knast komme, wenn es nicht sein Job sei, was bezahlten sie ihm dafür? Er sagte, dass er selbst einige Male im Leben in blöden Situationen Hilfe bekommen und sich jetzt gedacht habe, er könnte ja vielleicht auch mal anderen helfen. Ohne Bezahlung übrigens. Als ein Deutschtürke nach dieser Aussage lautstark verkündete: »So bescheuert wär ich nicht, so einen Scheiß ohne Kohle zu machen, Alter!«, brach das größte Gelächter aus. Der tapfere Junge bekam keinen Respekt, weil er diese neue Respektsperson sofort herausforderte, sondern wurde ausgelacht, weil ihm nicht klar war, dass er mit seinem Einwurf sich und allen Inhaftierten ins Bein geschossen hatte: Denn wenn kein Ehrenamtlicher kam, um mit ihnen *etwas zu machen*, verbrachten sie dreiundzwanzig Stunden am Tag in ihren Zellen, und *das* war wirklich extrem bescheuert. Und es waren eben nur zwei bis drei Ehrenamtliche die Woche, die Abwechslung in einen Knastalltag brachten, der so aussah: Die maximale Haftzeit im Jugendarrest war zwar nicht länger als vier Wochen, doch die Haftbedingungen waren härter als im *normalen* Knast (außer für Serienmörder). Deshalb kam es vor, dass einer der über Achtzehnjährigen, die bereits den normalen Knast kennengelernt hatten, den Wunsch äußerte, lieber ein Jahr dort zu sitzen als einen Monat im Jugendarrest. Hier saßen die Jungs nämlich in Einzelhaft. Die Mädchen waren zu zweit und bei etwas leichteren Haftbedingungen untergebracht, sie durften sich auch tagsüber aufs Bett setzen oder legen, was den Jungs verboten war und kontrolliert wurde. Nur eine Stunde täglich kamen sie aus der Zelle raus, in der sie auch ihre Mahlzeiten einnahmen. Kein Licht nach zehn, und das alles ohne Handy, Zigaretten, TV, Radio. Passend zu einem Gebäude aus der Zeit vor dem Ersten Weltkrieg. Abgesehen von Sit-ups bis zum Zusammenbruch blieb als einzige Ablenkung: Lesen. Sie durften Bücher mitbringen oder aus der Bibliothek ausleihen. In dem kleinen Zimmer standen etwa drei- bis vierhundert Bände: Science-Fiction,

Fantasy, pädagogische Jugendliteratur, autobiographische Vom-Tellerwäscher-zum-Millionär- oder Wie-ich-von-den-Drogen-loskam-Abenteuer, etwas deutsche Geschichte, Märchen und – das entdeckte er bei der Besichtigung, um die er gebeten hatte – auch ein paar der niemals und nirgendwo totzukriegenden alten Hits von Konsalik oder Utta Danella, was das Zufällige der Ansammlung verdeutlichte. Die großen Gefängnisse, erklärte ihm die Leiterin, bekamen ständig Kisten mit Büchern gespendet, die wohlmeinende Bürger:innen loswerden wollten, und manchmal wurde eine Kiste an den Jugendarrest durchgereicht, die nur flüchtig kontrolliert wurde, um zum Beispiel eine Anleitung zur Flucht auszusortieren. [*schwaches Wortspiel*] Manchmal befragte er die Gefangenen zu ihrem Leseverhalten und hörte gut zu (schließlich ging es in seiner Branche auch um Publikumserforschung).

»Draußen? Lese ich nicht.«

»Was willst du hier sonst machen, hier gibt's ja nichts anderes.«

»Sonst lese ich gar nichts, langweilt mich total. *How I Met Your Mother* schau ich, so was kennen Sie aber nicht.«

»Und *Two and a Half Men!*«

»Kenne ich alles, wofür haltet ihr mich.«

»Warum lesen Sie nicht mal was von dem Zeug vor, das Sie selber geschrieben haben?«

»Er hat nicht die Eier.«

»Genau. Deshalb will ich jetzt von Ihnen wissen, welches Buch Sie grade lesen.«

»Keine Ahnung, wie das heißt, so'n Scheiß mit Prinzessin

und so Tieren, oder Zwerge, keine Ahnung, die machen Krieg, die Story bringt's aber nicht so.«

»Ich sag Ihnen, was ich lese, wenn Sie mir kurz Ihr Handy leihen, ich seh's doch in Ihrer Brusttasche, nur eine Minute, Sie wissen doch selber, wie's ist.«

»Wie man Karriere macht, also Erfolg, wie kannst du das steuern, ist nicht schlecht.«

»Ich lese meiner Tochter was vor, aber sonst nicht so viel.«

»Sonst immer kiffen oder was?«

»Halt die Klappe, lass sie in Ruhe, du Opfer.«

»In Nordrhein-Westfalen haben die wenigstens Radio im Jugendarrest, das stimmt wirklich, aber Bayern ist so scheiße, Mann.«

»Zwei Gramm! Da lachen die Bullen in Berlin, ich hau ab aus Bayern, ich schwör's dir.«

»Ich werd jetzt draußen auch mal ein Buch lesen, hab ich mir echt vorgenommen.«

Das war das Profil, das auch ohne wissenschaftliche Erforschung gut zu erkennen war – als es zu einer der extrem seltenen Ausnahmen kam, diskutierte er mit dem einzigen Studenten, dem er in fünf Jahren im Jugendarrest begegnete und der wegen Marihuanabesitz verurteilt worden war, eine Stunde lang über das Gesamtwerk von Hunter S. Thompson unter besonderer Berücksichtigung der Darstellung von Drogeneinflüssen in seinen Büchern und im Film *Fear and Loathing in Las Vegas* –, ergänzt durch die Tatsache, dass die meisten der Kleinstkriminellen ohne Hauptschulabschluss die Schule verlassen hatten und etwa fünfzig Prozent von ihnen aus Migrantenfamilien stammten. Die offiziellen Zahlen entsprachen dem Eindruck des Ehrenamtlichen, in dessen Kursen am Ende sechs- bis achthundert Jugendliche gesessen hatten, jeden Montag etwa fünfzehn und durchschnittlich ein Viertel von ihnen junge Frauen. Allerdings wollte er ja bloß nicht den Sozialarbeiter machen und stellte deshalb keine persönlichen Fragen, fragte nie, wie ihr Zuhause aussah, was die Eltern machten, weswegen sie verurteilt worden waren. Viele erzählten von sich aus etwas, wenn das Vorlesen in Diskussionen überging, die sich oft und schnell vom Text entfernten. Das Bedürfnis war groß, sich untereinander zu verständigen, sie hatten nicht viel Zeit dafür und diese Stunden waren die beste Möglichkeit. Häufigste Einstiegsfrage unter Leidensgenoss:innen natürlich: Warum bist du hier? Dabei kam kaum was anderes raus als: Betäubungsmittel, häufiges Schwarzfahren, leichte Körperverletzung (sagten fast ausnahmslos Jungs und oft war es ein Faustschlag im Club, weil »der hat mich dumm angemacht«), Nichteinhaltung der Schulpflicht [*heißt das immer noch Schulschwänzen?*], Widerstand gegen oder Beleidigung von Lehr- und Ordnungskräften – nur für solche kleinen Delikte war der Jugendarrest vorgesehen, der auch offiziell als »Warnschuss« bezeichnet wurde: Passt mal auf, der Jugendarrest ist die letzte Ausfahrt vor dem richtigen Knast! Weil *dem Staat* oder den Justizorganen zu diesem Warnschuss jedoch nichts Dümmeres einfiel, als die Jugendlichen unter derartigen Bedingungen einfach nur wegzusperren, ihnen nicht das Geringste beizubringen, keinen anderen Weg aufzuzeigen, betrug die Rückfallquote seit Jahren um die siebzig Prozent, eine Zahl, die ihn darauf schließen ließ, dass dieser Jugendarrest wohl vor allem eine Arbeitsbeschaffungsmaßnahme für Justizvollzugsbeamte war. Viele der Jungs waren stolz darauf, von jetzt an erzählen zu können, schon mal gesessen zu haben (hatten vielleicht wie er einen Opa, der die Weisheit lehrte, ein richtiger Mann müsse im Gefängnis gewesen sein). Während bei den meisten Mädchen der Warnschuss besser anzukommen schien, es war auffällig, dass sie im Kurs eher schweigsam dasaßen, bedrückt; oft kam nicht mehr als die Bemerkung, alles dafür zu tun, nie wieder in einem Knast zu landen. Im Gegensatz zu den Jungs nutzten sie selten die Möglichkeit, an so einem Montag ungehindert loszulabern und abzulästern, sie waren voll darauf konzentriert, den Knast möglichst problemlos zu überstehen, egal, was dieser Vorlesertyp, der angeblich kein Sozialer war, erzählte. (Auch hier konnte er von einer unvergesslichen Ausnahme berichten: Drei Mädchen explodierten, als ein netter Junge, der *ACAB* (*All Cops Are Bastards*) auf den Unterarm tätowiert hatte, zu erklären anfing, warum die nach Deutschland kommenden Flüchtlingsströme ihm seine Zukunft verbauen würden, und brüllten ihn an, er solle mit diesem blöden Scheißgerede aufhören, und redeten ihn nieder, als er glaubte, sie ignorieren zu können.)

Nach den kurzen Abschweifungen in die Arrestrealität – die in einer Autobiographie viel ausführlicher wären – zurück zum Thema Adoption, das an jenem Montag mit der Erzählung »Der Augsburger Kreidekreis« von Bertolt Brecht zur Sprache kam. Sie alle waren in Brechts Geburtsstadt gefangen oder wohnhaft und deshalb las er jedes Jahr an Brechts Geburtstag was von Brecht, denn er fand, dass Brecht allen was zu sagen hatte. Von dem Dutzend Zuhörer:innen an jenem Tag hatte niemand je von diesem Dichter gehört. Und bevor er die Kreidekreis-Geschichte zu Ende vorlesen konnte, wurde darüber so viel wie über keinen anderen Text diskutiert: ob das Kind, um das sich zwei Frauen vor Gericht streiten, bei seiner leiblichen Mutter bleiben muss, die sich in den Wirren des Dreißigjährigen Kriegs nicht um das Kind gekümmert und es zurückgelassen hat, oder bei der Frau bleiben darf, die das Kind aufgenommen, versorgt und geliebt hat, ehe die (reiche) leibliche Mutter nach dem Krieg wieder anrückte und diese (arme) illegitime Adoptivmutter auf Kindsrausgabe verklagte, weil die dieses Kind nicht mehr hergeben wollte. Die konträren Ansichten der Knastologen flogen hin und her, und irgendwas veranlasste ihn dann zu der Bemerkung, dass er selbst als Baby adoptiert worden war – ein Junge stieß einen Schrei aus, schlug mit beiden Händen auf den Tisch und schüttelte verächtlich grinsend den Kopf. Sagte jedoch nichts. Es wurde still, alle warteten auf eine Aussage des Jungen, was ihn denn dermaßen aufregte, aber er sagte nichts. Auch auf die endlich ausgesprochene Frage, warum er bei der Erwähnung der Adoption des ehrenamtlichen Vorlesers wütend aufgeschrien habe, gab der Junge keine Antwort, blieb bei seinem verächtlichen Kopfschütteln. Was die Neugier der anderen Jugendlichen nur noch steigerte, sodass der Junge jetzt mit elf kleinen Sozialarbeiter:innen konfrontiert war, die eine Erklärung von ihm forderten und nicht lockerließen, bis er es nicht mehr aushielt.

»Ist doch wohl klar«, kam es heftig aus ihm raus, »ein Kind

muss zu seiner richtigen Mutter, da hat eine andere Frau nichts zu melden, aus einem Kind, das bei fremden Leuten aufwächst, kann nichts werden, so eine Adoption ist einfach nur scheiße!«

Es war seine Wut, wegen der seine Erklärung nicht für ausreichend befunden und er weiter befragt wurde: Warum musste das Kind denn zu einer Frau zurück, die es im Stich gelassen hatte? Weil sie die Mutter war. Aber die andere Frau hatte das Kind gerettet und bewiesen, dass sie es gut machte! Trotzdem, das ist nicht in Ordnung. Aber die Frau, die das Kind liebt, ist doch viel wichtiger für das Kind! Ist sie nicht. Woher weißt du das alles denn so genau? Geht dich nichts an. Jetzt pack doch endlich mal aus, Mann! Ja, gib's endlich zu, dass du hier von deinem eigenen Scheiß redest!

»Nein!«, schrie er. »Aber meine Eltern haben so'n Kind geholt, und mein Brudaa baut immer nur Scheiße und alle müssen sich immer nur um diesen blöden Wichser kümmern!«

Da entschloss sich der ehrenamtliche Betreuer, diesen Jungen in Schutz zu nehmen, und befahl das Ende der Diskussionen, denn er hatte noch nicht mal den Showdown der Gerichtsgeschichte vorlesen können, also Ruhe und zuhören: wie der Richter das umstrittene Kind in den Kreidekreis stellt und die Frauen selbst entscheiden lässt, bei wem das Kind weiterleben soll. Jede Frau muss einen Arm des Kindes packen und soll dann versuchen, das Kind aus dem auf den Boden gezeichneten Kreidekreis heraus- und auf die eigene Seite rüberzureißen. Der Richter gibt das Kommando: Die leibliche Mutter zerrt sofort mit aller Kraft an ihrem Kind – die Adoptionsmutter lässt den Arm sofort los, damit das

Kind nicht zerrissen wird, und weil sie damit beweist, dass ihr das Kindeswohl wichtiger als der Sieg über die Konkurrentin ist, wird ihr das Kind zugesprochen.

Viel Lärm im Jugendarrest – weil der abschließende Wettkampf um das Kind und das Ergebnis nicht von allen genau verstanden wurden, stellten einige die Szene sofort nach, um die tödliche Gefahr für das Kind vorzuführen. In ein paar Sekunden hatten sich zwei Theatergruppen gebildet, die den Schluss von Brechts »Kreidekreis« mit Feuereifer nachspielten, erklärten, diskutierten.

Eine Uniformierte gab ihnen geduldig etwas mehr Zeit (im Gegensatz zu anderen Justizvollzugsbeamten, die ihnen keine Sekunde geschenkt hätten), aber die gewünschte Verlängerung war nicht drin, es war schon kurz vor 16 Uhr: Abendessen in der Zelle! Darüber beschwerten sich die Jugendlichen oft, dass das Abendessen um 16 Uhr kam, was sollte das denn, um diese Uhrzeit! Der ehrenamtlich tätige Schriftsteller kannte keine wissenschaftlichen Untersuchungen zu diesem Problem, aber er glaubte ziemlich sicher zu wissen, warum sie um 16 Uhr abendessen mussten: weil alle staatlich geprüften Expert:innen für Jugendarrestmaßnahmen mit strengster Genauigkeit herausgefunden hatten, dass es um diese Zeit am sinnvollsten war und sie natürlich auch selbst um genau 16 Uhr ihr Abendessen einnahmen, verdammt noch mal, wann denn sonst?

Die Mutter von Karl-Heinz Sadrozinski verschwand kurz nach der Geburt ihres unehelichen Sohns aus dem Krankenhaus, ohne ihr Kind mitzunehmen, und starb wenige Wochen später an Tuberkulose. Das Baby verbrachte die ersten elf Monate in einer Klinik, ehe es von einem kinderlosen Ehepaar adoptiert wurde. Die Adoption wurde jedoch erst nach sieben Jahren amtlich bestätigt, weil das Jugendamt wegen der »zweifelhaften Herkunft des Kindes« Bedenken hatte. Die Jahre bis zu seiner Einschulung hielten die Adoptiveltern den Jungen in einem Kellerraum eingesperrt, dessen Fenster vergittert und verdeckt waren. Er befand sich in dieser Isolationshaft, weil die Adoptiveltern Angst hatten, das Adoptivkind könnte draußen erfahren, dass sie nicht seine leiblichen Eltern waren.

Später behauptete der Adoptivsohn, seine Adoptivmutter habe zu unvorhersehbaren Gewaltausbrüchen geneigt und ihm aufgrund ihres Sauberkeitswahns verboten, sich schmutzig zu machen oder mit anderen Kindern zu spielen. Mit zehn Jahren steckten die Adoptiveltern den Adoptivsohn in ein Heim und bald darauf, weil sie eine noch strengere Erziehung für nötig hielten, in ein katholisches Klosterinternat. Dort erfuhr der Junge – zufällig, wie er später aussagte –, dass er adoptiert war.

Aus diesem Klosterinternat flüchtete der Junge zweimal. Nachdem er beim ersten Mal zu seinen Adoptiveltern geflüchtet, von ihnen dann jedoch sofort zurückgebracht worden war, flüchtete er beim zweiten Versuch nicht mehr zu seinen Adoptiveltern. Er konnte diesem Horrorzuhause jedoch nicht lange entkommen. Und letztendlich entkam er ihm nie.

Aus dem Jungen wurde einer der bekanntesten deutschen Serienmörder: Jürgen Bartsch war neunzehn, als er im Juni 1966 festgenommen wurde. Der pädosexuelle und sadistisch veranlagte Serienmörder hatte vier Jungen gefoltert und ermordet.

Bartsch war einer von dreißig Namen auf der Liste der adoptierten Serienkiller, die der Autor für dieses Buch aufgestellt hatte. Der Plan, diese Täter, ihr Aufwachsen und ihre Taten zu beschreiben, wurde bald verworfen. Um das Buch nicht damit kaputtzumachen. Um es nicht in Blut zu ertränken. Um nicht in einer falschen Ecke zu landen.

Notizen und Zitate auf der Karteikarte »Bartsch«:

- Der traurigste Adoptivkind-Serienkiller-Fall, den man sich vorstellen kann. Auch deshalb traurig, weil er, anstelle seiner vier Opfer, diese Adoptiveltern nicht töten konnte, die ihn kaputtgemacht hatten.
- »Liebe ist das einzige schmerzstillende Mittel, das es gibt«, schrieb (ausgerechnet) der mit schmerzstillenden Mitteln erfahrene Junkie und Autor William S. Burroughs mit dreiundachtzig an einem seiner letzten Tage in sein Notizbuch.
- »Das Wechselspiel zwischen Verheimlichung und Offenheit begleitet die Adoption von Beginn an.« (Sichtermann/Leggewie)

»Alle adoptierten Kinder, wird mir gesagt, haben Angst, von ihren Adoptiveltern verlassen zu werden, da sie glauben, von ihren biologischen Eltern verlassen worden zu sein. Sie sind aufgrund der spezifischen Umstände ihrer Aufnahme in die

Familienstruktur darauf programmiert, das Verlassenwerden als ihre Rolle zu betrachten, als ihr Verhängnis, ihr Schicksal, das sie einholen wird, es sei denn, sie sind schneller«, und »alle Adoptiveltern, das muss nicht gesagt werden, haben Angst, dass sie das Kind, das ihnen gegeben wurde, nicht verdienen, dass es ihnen weggenommen wird«, heißt es in Joan Didions autobiographischem Spätwerk *Blaue Stunden* (geschrieben nach dem frühen und tragischen Tod ihrer Adoptivtochter, deren Bekanntschaft mit Geburtsmutter und leiblicher Schwester unglücklich verlaufen war), und so steht es auch in (vielen oder den meisten, so war sein Eindruck) Fachbüchern und Erfahrungsberichten.

War dieser Sachverhalt so sicher oder war die Bemerkung *wird mir gesagt* eine Einschränkung, dass es sich um eine *häufig* zutreffende Experteneinschätzung handelte, die jedoch, wie alle Einschätzungen auf diesem Gebiet, keine hundertprozentige war? Er selbst konnte sich jedenfalls nicht daran erinnern, dass ihn die Angst gequält hätte, verlassen zu werden, oder bei seinen Eltern die Angst festgestellt zu haben, ihn nicht zu verdienen. Aber was sagte das schon, dass er sich nicht erinnerte, bei all den durchlöcherten, verschwommenen, verstaubten Erinnerungen aus dem hintersten Keller (die hier zu einer Menge Schönfärbungen, Übertreibungen, Fehleinschätzungen führten, da durfte man sich nichts vormachen), und wo er sich nicht mal an ein heimlich belauschtes Gespräch der Eltern erinnerte, das er wohl kaum vergessen hätte. An eine andere Angst der Eltern im Gefühlschaos von Pubertät und Adoption konnte er sich dagegen genau erinnern: dass die ständig größer werdende Entfernung zwischen ihm und ihnen schon bald nicht mehr zu überbrücken wäre; und weil der Junge diese Entfernung ständig forcierte, sagte der Vater, dass der Junge *sie*, die Eltern, nicht verdient habe (die Umkehrung von Joan Didions Worten), wie eben *sie* die Probleme mit *ihm* nicht verdient hätten … Unlösbare Fragen, wer hatte eigentlich was verdient? Und womit und weswegen? Überlegungen, die die Mama nicht anstellte, und sie wäre niemals zu solchen Aussagen gekommen (behauptete er jetzt, vollkommen sicher) … Mit vierzehn fiel ihm spätestens auf, dass diese Brücke zwischen Adoptiveltern und Adoptivkind an Stabilität verlor und dass dies ein Vorgang war, der offensichtlich nicht aufzuhalten, wenn auch nichts Besonderes war, wenn er sich diese Brücken der anderen so ansah. Das Dumme daran war, dass er oft nicht einschätzen konnte, was diese Brücke wieder etwas weiter ramponieren würde – sein Papa war ein Familienoberhaupt wie aus einem Mafiafilm, der Don, der Patriarch, der alle Fäden in der Hand halten musste. Der es nicht ertrug, wenn seine Autorität angezweifelt, seinen Anweisungen nicht gehorcht wurde. Dabei jedoch, ein echter Don eben, von größter Hilfsbereitschaft: Selbst als die Brücke zum Adoptivsohn vollständig unpassierbar geworden war, hatte der Sohn nie einen Zweifel, dass der Papa sofort da wäre, wenn der Sohn um Hilfe rufen würde, auch wenn er die Art der Hilfe natürlich selbst entscheiden würde, so war er, und in einem geradlinigen Actionfilm wäre er genau der Vater, der den Sohn, der von miesen Drogendealern in der Drogenhölle gefangen gehalten wurde, nur mit einer Axt bewaffnet rausholte. Was dem Don fehlte, war das Auge dafür, dass auch die von ihm nicht akzeptierten

Talente des Sohns irgendwann irgendwie für *La Famiglia* nützlich sein könnten, was jedoch (musste Jahrzehnte später eingestanden werden) fast nicht zu erkennen war.

Als sich der Junge nicht davon abbringen ließ, in der nächsten Großstadt, der ehemaligen Hauptstadt der Bewegung, München, zu studieren, wusste der Papa, dass es dabei vor allem um eine Loslösung aus der Familienorganisation durch Flucht ging. Etwas *Vernünftiges* konnte der Junge sowieso nicht studieren, weil sein Abitur zu schlecht war, und als wollte der Adoptierte seiner Familie den ultimativen Tiefschlag verpassen, entschied er sich für ein Studium, das ihm nur der Teufel eingeredet haben konnte. Der Junge war katholisch getauft und erzogen worden, hatte ab sieben einige Jahre brav als Ministrant gedient und seine Mama sonntags beim Kirchgang begleitet, ehe er sich in der Kirche dann nur noch für die Mädchen in der Kirche interessiert hatte und schließlich, wie der Papa, zur Ansicht gelangt war, man könne auch ohne Kirchenbesuch ein guter Christ sein, und nur noch (immerhin) zu Ostern und Weihnachten ein Gotteshaus betreten hatte. Selbst als er mit einer kleinen Gruppe eines Tages auf dem besonders beschaulichen und wahrscheinlich vom Hl. Geist persönlich errichteten Weihnachtsmarkt mit Plakaten gegen den weihnachtlichen Konsumwahn und -terror demonstriert und damit die Familie und besonders die Mama brüskiert und in Verruf gebracht hatte, konnte niemand ahnen und befürchten, dass der Junge dann auch noch evangelische Theologie studieren würde. Durch eine ihm fortschrittlich vorkommende evangelische Jugendgruppe war er auf die Idee gekommen. Seine Begründung, das sei für ihn nur ein Weg, um schließlich zu einer politischen Arbeit zu kommen, mit der er zum Aufbau einer gerechteren Welt beitragen würde, schlug dem Fass den Boden aus. Dass es für ihn nur eine Notlösung war, bis er endlich herausgefunden hätte, was genau man tun musste, um ein professioneller Schriftsteller zu werden, konnte er ihnen nicht auch noch sagen. Dass seine Konstruktion von Anfang an der größte Blödsinn gewesen war, wie sein Papa ihm sofort auseinandergesetzt hatte, konnte er erst viel später zugeben. Dass der lange Weg von der Klein- zur Großstadt über diese schon ramponierte Brücke kaum noch begehbar wäre, war somit vorauszusehen. Die kaputte Brücke wurde nach einigen Jahren zumindest notdürftig repariert, als der Adoptierte eine eigene Familie hatte – die Freude von Großeltern über ein neues Enkelkind ist ein starker Klebstoff.

Dieses Studium hatte sich schnell erledigt. Die intensiven Sprachkurse in Altgriechisch und Hebräisch waren Energiefresser, die alle Gedanken, er könnte sich auf diesem Weg in eine revolutionäre Zone kurz vor der Weltverbesserung bewegen, weit in den Hintergrund verschoben. Die Berufsaussichten für einen Katholiken, der evangelische Theologie studierte, waren nicht besonders gut, und als er aus der einen Kirche austrat, ohne in die andere einzutreten, weil er mit dem Hl. Geist der einen wie mit dem Jesus der anderen nichts am Hut hatte, wurden die Aussichten nicht besser; er hatte diese Entwicklung garantiert Konsequenz genannt. Das löste in ihm keine Unruhe aus, denn der Höchstsatz nach dem Bundesausbildungsförderungsgesetz reichte für ein unabhängiges Leben völlig aus; machte es möglich, das Studium wie einen Spaziergang zu betrachten, bei dem er seine große Klappe trainieren und sich über weitere Schritte in die Zukunft klar werden, genauer gesagt, auf bessere Lichtverhältnisse in der total vernebelten näheren Zukunft warten konnte. Unter den vielen, selbst im Scheitern wertvollen Erfahrungen ein Meilenstein: die einzige Selbsterfahrungsgruppe, an der er je teilgenommen hatte.

Falls die Neugier die wichtigste menschliche Eigenschaft ist, dann hatte er davon genug mitbekommen, und obwohl er sich schon für eine Karriere als dichtender Studienabbrecher entschieden hatte, blieb er also im Universitätsflur neben dem älteren Kommilitonen stehen, der ein ordentlich beschriftetes Blatt Papier an der Tafel für interne Nachrichten befestigte: Es war eine Einladung an alle Studierenden der Fakultät, die adoptierte Kinder waren, sich zum Gedankenaustausch und zur Gründung einer Selbsthilfegruppe zu treffen. Der Adoptierte las es interessiert und fragte, ob irgendwas passiert sei (ohne damals an irgendwas mit Serienkillern zu denken), und der Kommilitone erklärte, er habe sich einfach nur überlegt, dass es doch gut wäre, wenn sich alle Betroffenen mal zusammensetzten und über ihre Erfahrungen redeten, auch er selbst sei ein Adoptivkind, habe jedoch keine Probleme damit, er wisse jedoch, dass viele ein Problem damit hätten. Der Organisator war ein Sonnyboy, der ständig etwas organisierte oder Organisierende unterstützte, sich für andere interessierte, bei unterschiedlichen Positionen vermittelte, einer von denen, ohne die keine Gruppe überlebte.

Bin ich dabei, sagte der weniger engagierte Adoptierte zum älteren Kommilitonen. Echt, du auch? Ja, sagte er, und dass er zwar auch kein Problem damit habe, es aber auf jeden Fall interessant fände, wenn sich die Betroffenen mal austauschen könnten. Und tatsächlich kam er dadurch zum ersten Mal auf die Idee, sich ein Buch mit Berichten von adoptierten Kindern zu kaufen (das er jetzt für seinen eigenen, einen weiteren und möglicherweise zehntausendsten Bericht dummer- und seltsamerweise weder in seiner eigenen Bibliothek noch in den unendlichen Weiten des Internets finden konnte, es jedoch gehabt hatte, das konnte er schwören). Dass er noch nie auf die Idee gekommen war, sich genauer in die Thematik *reinzuarbeiten*, bestätigte doch seine These, dass er seine Adoptionsprobleme eigenständig *verarbeitet* hatte.

Sein Wunsch, seine leibliche Mutter kennenzulernen, war stark, aber weit davon entfernt, wie es häufig beschrieben wurde, der Mittelpunkt seines Lebens zu sein. Auch die anscheinend weitverbreitete Angst, dann von dieser Mutter erneut abgelehnt zu werden, hatte er nicht, oder er hatte noch nicht so weit gedacht … Der Beitrag einer Frau, deren Adoption verheimlicht worden war und die erst als Erwachsene zufällig davon erfahren hatte, worauf sie vor Wut den Kontakt zu ihren Adoptiveltern abbrach, obwohl sie sie bis dahin geliebt hatte, dann erfolglos nach ihren *richtigen* Eltern suchte und schließlich ohne einen Familienverbund dastand und nicht wusste, wie es weitergehen sollte, weckte kein Mitgefühl in ihm, sondern er empfand das als bescheuert. Und nachdem er das Buch ganz gelesen hatte, gelangte er schlecht gelaunt zu der Ansicht, dass die Gruppe der Adoptivkinder unter den Menschenkindern als Ganzes betrachtet vor allem eine Versammlung von Nervensägen und verblödeten Weicheiern war, die an einem selbstbestimmten Leben kein Interesse hatten und immer nur auf dem Schoß von irgendeiner Mama kuscheln wollten – eine feindselige Haltung, zu der er sich als Punkfan verpflichtet fühlte, oder wie es schon sein Kinderfreund Hans Arps gesagt hatte, *alle* Eltern sind scheiße.

Er war zu neugierig, um nach diesen Warnsignalen nicht zu diesem Selbsthilfegruppentreffen von Betroffenen zu gehen; obwohl in seiner Szene das Wort *betroffen* ein Schimpfwort war und all jene Gestalten, die von ihrer *persönlichen Betroffenheit* sprachen, entweder Politiker:innen waren oder wie diese einen Sprung in der Schüssel hatten.

Ein gutes Dutzend von ihnen traf sich in dem kleinen Seminarraum. Er kam nicht wie üblich zu spät und setzte sich auf einen Außenposten des Quadrats aus Tischen, mit viel Platz zum nächsten Betroffenen. Mit ihm nur drei Männer neben den Frauen. Niemand sagte was, alle musterten die anderen vorsichtig. Er kannte nur den Organisator, der pünktlich dazukam, munter in die Runde grüßte und nach einer kurzen Einleitung vorschlug, dass sich alle zuerst kurz vorstellen sollten, ehe gemeinsam ein grundsätzliches Konzept für die Selbsthilfegruppe aufgestellt werden sollte. Aus dem Plan wurde nichts. Schon die Frau, die es übernahm, sich als Erste vorzustellen, schien mit der Darstellung ihres Lebenslaufs als Adoptivkind die zwei Stunden des Treffens zu benötigen, und natürlich wagte es niemand, ihren Erzählstrom zu stoppen. Sie erzählte, dass sie erst mit sechzehn zufällig von ihrer Adoption erfahren habe, aber schon lange mit dem Gefühl gelebt habe, dass in der Familie etwas nicht stimme, mit ihren Eltern. Mit denen sei sie zwar immer gut ausgekommen, doch hätten diese dann, nachdem die Adoption aufgeflogen war, gesagt, dass sie es ihr niemals erzählt hätten, weil das, wie sich jetzt zeigte, nicht gut sei, wenn ein Adoptivkind darüber Bescheid wisse, und sie solle jetzt bloß nicht so undankbar sein und sich darüber beschweren, dass die Eltern ihr nichts gesagt hatten. Sie fing zu weinen an; setzte mehrmals an, um wenigstens noch zu sagen, wie es heute bei ihr aussehe, kam aber nicht gegen die Tränen an ... Und die Tränen dieser jungen Frau waren nicht die Ausnahme, die Mehrzahl von denen, die sich nur kurz vorstellen wollten, wurden, wie in einen reißenden Fluss geworfen, in einen Strudel aus Klagen gezogen. Die Geschichten schienen direkt aus dem Buch mit Erfahrungsberichten zu kommen, das er gelesen hatte, aber jetzt musste er sie live ertragen. Echte Tränen; mit echten Problemen, mit denen verzweifelte echte Betroffene nicht zurechtkamen. War schwer auszuhalten. War alles viel zu nah an den Problemen, die er selbst kannte. Schlug ihm die Frage ins Gesicht, ob er diese Probleme immer nur herunterspielte, ein Spezialist für Verdrängung war, ein Ignorant, der über Wichtiges locker drüberging, um es sich einfach zu machen, wo ein ehrlicher Blick nötig wäre ... Einige der Frauen weinten nicht zurückhaltend, beschämt, sondern steigerten sich in ein Schreien hinein. Und er dachte, verdammt, das wollte er doch alles nicht wissen. Und fragte sich, weil in der Runde die Mehrzahl Frauen waren, ob es sich um ein Problem handelte, das vor allem Frauen überfiel und von Männern leichter ertragen oder sogar ausgeräumt und abgehakt wurde. Der erste Mann, der etwas sagte, war der Organisator, der nach sechs oder sieben Frauen die Lage beruhigen wollte und sich, wie nicht anders erwartet, gelassen und souverän äußerte und obendrein von einem glücklichen Leben mit Adoptiveltern berichten konnte, die mit der Problematik immer ehrlich und verständnisvoll umgegangen waren, und von seiner leiblichen Mutter, zu der er und seine Adoptiveltern freundlichen Kontakt hatten. Der gute Mann war in seiner glücklichen Betroffenheit offensichtlich in der falschen Selbsterfahrungsgruppe gelandet, die Fallhöhe gegenüber den bisherigen Äußerungen war ekelhaft. Und dann deutete er auch noch mit der Bemerkung, trotz der wenigen männlichen Teilnehmer sollte es jetzt mal eine Männerrunde geben, auf ihn, den Adoptierten, der von seiner ersten Selbsterfahrungsgruppe schon ziemlich mitgenommen war und wegen der langen Vorstellungen schon gehofft hatte, sich nicht mehr vorstellen zu müssen. Aber er sagte jetzt nur seinen Namen und machte eine Handbewegung, dass er damit fertig sei; es sollte als Protest gegen Gefühlsausbrüche rüberkommen, aber er befürchtete auch, er könnte ebenfalls die Kontrolle verlieren, wenn er sich zu ein paar Sätzen mehr hinreißen ließe. Der dritte Mann in der noch nicht gegründeten Selbsthilfegruppe fing wie der Organisator ganz ruhig und lässig zu sprechen an, schien zu bestätigen, dass Männer mit ihren Adoptionsgeschichten eher locker umgehen konnten, sagte, dass ihm diese Probleme, die er natürlich genau wie alle anderen auch kenne, jedoch am Arsch vorbeigingen, nachdem er sich eben ausreichend damit beschäftigt hatte, was ja auch wichtig wäre, doch man sollte es eben mit diesen und jenen Eltern dabei nicht übertreiben und sich von ihnen ablösen, sich auf sein eigenes Ding konzentrieren, und das klang zweifellos sehr vernünftig. Und dann, mit der Erwähnung, dass es ihm egal sei, dass ihn seine Adoptiveltern seit einiger Zeit nicht mehr akzeptieren würden, steigerte er sich in wenigen Sekunden in eine so große Wut hinein, dass man glauben konnte, er würde gleich den Raum verlassen und mit einem Amoklauf weitermachen. Dieser Typ war verstörender als alles, was sonst passiert war, und als er zu ihm sagte, hey, Kollege, jetzt mal etwas ruhiger machen, starrte der Typ ihn voller Hass an wie runtergeholt von einem anderen Stern und brüllte, er solle ihn aus-re-den-lass-säään! Ehe er sich dann kurz darauf vom verständnisvollen und die richtigen Worte findenden Organisator stoppen ließ. Es ging weiter, wenn auch verhaltener, nach diesem irren Ausbruch.

Eine Frau war dabei, die sich, wie er, nur mit ihrem Namen vorgestellt hatte. Ihre Haare waren blau, und ihre beiden Ohrgehänge fand er fast so faszinierend wie die sieben Todsünden. Sie saß ihm gegenüber, und sie hatten beide bald bemerkt, dass ihnen die vielen Gefühlsausbrüche zu viel waren, mal verzogen sie gleichzeitig genervt den Mund, dann sahen sie sich an und wussten, dass sie auf keinen Fall grinsen durften. Als die zwei Stunden im Orkan der verletzten Gefühle überstanden waren, gingen sie als Einzige sofort raus, nebeneinander, ohne zu sprechen, die Treppe runter und raus auf die Straße, um sich endlich bei Zigaretten zu verbünden.

»Ich bin da wirklich nicht mehr dabei«, sagte sie.

»Ich auch nicht, weil mich dieser durchgeknallte Psycho heute Nacht umbringen wird«, sagte er und brachte sie damit zum Lachen.

»Ich fand's ja auch schon oft zum Heulen mit diesem ganzen Adoptivzeug«, sagte sie, »und man muss auch drüber nachdenken, aber mir geht diese Betroffenheitskacke total auf die Nerven, ich will mich da nicht drin rumwälzen, gibt ja wohl noch was anderes im Leben.«

»Geht mir ganz genauso«, sagte er.

»Ist mir aufgefallen. Ich bin ja nicht blind«, sagte sie.

»Freut mich zu hören, ich dachte schon, die haben bei deiner Haarfarbe irgendwas verwechselt und du weißt es noch nicht.«

»Pass du lieber mal auf, dass sie dich mit deinen langen Löckchen nicht für'n Mädchen halten, oder stehst du da drauf?«

»Noch nicht.«

»Meinen Segen kannst du haben.«

Sie gingen nicht in die nächstbeste Kneipe, sondern in die nächste, wo man nicht mit Deep Purple oder den flotten Sachen von der Neuen Deutschen Welle gequält wurde, und nach zwei Halben und einem Tequila gingen sie zu ihrem Zimmer, das in der Nähe lag und so ähnlich aussah wie sein Zimmer. Schnell und ohne vorbereitende Beziehungsgespräche hatten sie sich gegenseitig alles aufgeknöpft und ausgezogen und waren engstens umschlungen bereit, sich noch besser kennenzulernen – als sie ihn so sanft wie bestimmt wegstieß und von ihm abrückte. Was war denn jetzt passiert?! Nichts, sagte sie, aber es ginge nicht, weil es nicht gut gehen würde. Er verstand nicht, was sie damit meinte, und sagte, er habe den Eindruck, dass es sehr gut gehen würde.

»Tut's eigentlich auch«, sagte sie, »aber zwei so Typen wie wir, das geht nicht, ich bin einfach noch nicht so weit, tut mir leid.«

»Du meinst, zwei Adoptivkinder wie wir?«

»So ungefähr.«

»Was soll das denn heißen?«

»Das heißt, hau jetzt ab, Süßer, und pass auf dich auf.«

Er überlegte, ob er versuchen sollte, sie umzustimmen, weil sie *Süßer* zu ihm gesagt hatte, aber er hörte auf sie und fing sofort an aufzupassen.

Es war noch früh, die Geisterstunde noch nicht vorbei, als er in die dunkle Nacht ging und das machte, was er gut konnte, in einer weiteren Kneipe nach einer weiteren Glückssträhne zu suchen, und wenn er keine fand, würde er ein Gedicht darüber schreiben, von dem er schon vor dem ersten Wort wusste, dass es genial war. So musste man das doch sehen, wenn man nicht von einer Betroffenheitsgruppe in die nächste geraten wollte.

Er hatte ein halbes Jahrhundert überstanden, als eine Information aus dem Keller um die Ecke kam, die er kaum glauben konnte. Beide Eltern waren längst verstorben, als ihn seine Schwester anlässlich eines Besuchs in einer ruhigen Minute fragte, ob er seine leibliche Mutter mal wieder getroffen habe und wie es damit aussehe.

Diese Fragen, die nur in diesen *ruhigen Minuten* gestellt werden.

Seine Schwester wusste, dass er *diese Frau* eines Tages ausfindig gemacht hatte, und sie hatte ihm damals geraten, was er sich selbst auch geraten hatte, der Mama und dem Papa besser nichts von dieser Entdeckung zu erzählen. Und weil seine Schwester, so wie seine Adoptiveltern, der Ansicht war, dass diese Frau, die ihn damals ins Waisenhaus und zur Adoption freigegeben hatte, nur eine böse Frau sein konnte und das Übelste getan hatte, was eine Frau mit ihrem Kind tun konnte, hatte er seiner Schwester damals nicht viel erzählt und sagte auch jetzt nicht mehr dazu. Die Diskussion darüber, dass seine Mutter für ihn keine böse Frau war, sondern eine gute Entscheidung getroffen hatte, für die seine Eltern durchaus auch dankbar hätten sein können, hatten sie schon geführt. Am Gesicht der Schwester konnte er ablesen, dass sie, wenn er jetzt darauf einginge, nur mit den altbekannten Beschimpfungen über diese Frau herziehen würde. Wie auch sie sofort verstand, warum er dem Thema trotz der ruhigen Minute aus dem Weg ging. Eigentlich aber wollte sie ihn ermahnen, das Andenken an ihre verstorbenen Eltern, seine Adoptiveltern, nicht zu vernachlässigen. Er stand immer im Verdacht. Kam selten zu Besuch in die alte Heimat, und dann konnte es vorkommen, dass er nicht zum Elterngrab ging.

Sie fragte nach dieser bösen Mutter, um ihn an die gute Mama zu erinnern.

Und um etwas auszupacken – mit der rhetorischen und unerwarteten Frage, ob ihm eigentlich klar sei, dass er seine Adoption ihr, seiner Schwester, zu verdanken habe? Nein, wie bitte, wieso das denn?! Das hörte er aber zum ersten Mal ... So sei es aber nun mal gewesen, sagte sie, denn sie habe sich, damals mit dreizehn, nach der Tragödie mit dem bei der Geburt verstorbenen Sohn, der die Mama fast mitgenommen hätte, so sehr ein Geschwisterchen gewünscht und so lange nicht lockergelassen, bis die schon vierzigjährigen Eltern endlich bereit gewesen waren, die letzte Möglichkeit zu ergreifen und ein Kind zu adoptieren. Die Eltern selbst wären doch nicht auf die Idee gekommen, dass man ein Kind adoptieren konnte! Und waren so geschockt von dieser tragischen Geburt, dass der Zustand daheim nicht auszuhalten war ... Verwirrende Informationen ... Aber war es denn nicht so, fragte er, dass der Papa unbedingt einen Sohn haben wollte, einen Stammhalter, einen männlichen Nachfolger, der den Familiennamen weitertragen würde? Ach, sagte die Schwester, das schon auch – aber trotzdem, ohne sie hätten die Eltern nichts gemacht, und sie mit dreizehn hätte diesen Wurm aus dem Waisenhaus dann genauso aufgezogen wie die Mama, die damals vielleicht gar nicht in der Lage gewesen wäre, sich allein um dieses Baby zu kümmern, weil es sie ja auch an *das* Baby erinnerte, das ein Jahr davor gestorben war. Es sei ein Glück gewesen, dass sie, die Tochter, schon dreizehn war und wusste, dass so ein Baby keine Puppe war, mit der man spielte, sondern ein richtiger Mensch. Das wisse er natürlich, sagte er, dass ohne sie gar nichts gegangen wäre. Er hatte genau genommen viele Jahre zwei Mütter gehabt, und als er verstand, was es bedeutete, ein adoptiertes Kind zu sein, hatte er dann ja sogar drei Mütter gehabt!

Rekord!, lachte er, das müsse erst mal einer aushalten. Sogar noch die Schwester als Mutter, die den Jungen noch in den Pubertätskämpfen versucht hatte zu erziehen, als Vermittlerin zwar, aber doch nach den Regeln der Eltern. Seine Interessen, Irrwege, Abweichungen und Ausbrüche hatte sie ebenso wenig verstehen können.

Er lachte über die Erinnerungen, seine Schwester konnte nicht so recht darüber lachen. Und ehe er herausbekam, ob es ihr vielleicht noch um etwas anderes ging, war die ruhige Minute abgelaufen.

Solche *ruhigen Minuten* hatte er noch nie leiden können.

Die Welt kam mit den Büchern durch einen Türspalt ins Haus geschlichen und irgendwann besetzte sie das Haus. Die erwachsenen Nichtleser im Haus konnten nicht verhindern, dass Fremde und Aliens, Spinner und Supergirls auf fliegenden Teppichen reinkamen und Buchstabensuppen verschütteten. [*Wir sind in einem Roman, eine Szene wäre hier gut.*] Die Wirkung der Buchstaben war scheinbar nicht allzu schlimm und lange Zeit keine Aufregung wert. Erst das Fernsehgerät entwickelte kritische Durchschlagskraft. An die ungefähre Ankunftszeit konnte er sich erinnern, weil er die Nachrichtenbilder vom 11. April 1968 nie vergessen hatte. An dem Tag war auf den sogenannten Studentenführer Rudi Dutschke ein Attentat verübt worden, er war Fahrrad gefahren und ein Mann hatte ihn angeschossen, und der Junge starrte die Milchkanne im Fernseher an, die neben den Kreidestrichen auf dem Boden lag, die den Körper des Opfers markierten (so was hatte er noch nie gesehen, Papa, warum macht man das?). Dazu Einblendungen von heftigen Reden, die der jetzt im Krankenhaus um sein Leben Kämpfende gehalten hatte, seine beim Reden erhobene Faust. Der Papa schrie gegen den Fernseher: Dieser Studentengrattler solle doch verrecken … Der Fernseher reagierte dann mit immer mehr Bildern, die gegen den friedvollen bayerischen Pfaffenwinkel vorzurücken schienen wie Soldaten, nein, Guerilleros!

Die Eltern waren also mit zwei Protestbewegungen konfrontiert. Die Bewegung des Jungen weg von den Eltern und eine gesellschaftliche Bewegung, für die die Eltern kein Verständnis hatten und, im Gegenteil, als gefährlichsten Feind ihrer Welt betrachteten. Für sie sah es so aus, als würde die zunehmende Entfernung ihres Adoptivsohns von diesen Ereignissen draußen mobilisiert werden. Er kapierte nicht viel zu der Zeit, entwickelte *aus dem Bauch heraus* starke Sympathien für Männer, die im Fernseher mit Elektrogitarren hantierten. Es dauerte noch, bis er verstand, dass beides, kreischende Elektrogitarren gegen Alpenschlager und Wasserwerfer gegen kreischende Jugendliche, mit dem Kampf zu tun hatte, den die von Alt-Nazis geprägte Demokratie mit ihren Erneuerern führte. Es dauerte noch länger, bis er verstand, dass langhaarige Elektrogitarristen wahnsinnig überschätzt worden waren, wurden und werden würden (allerdings in einer Welt, die ohne sie besser zur Hölle gefahren wäre).

Einer der älteren Jungs aus der Eisenbahnerkinderbande hatte einen älteren Bruder, der zu alt war, um bei einer Bande von Zehn- bis Fünfzehnjährigen mitzumachen, er würde bald

Abitur machen. Aussehen und Habitus kennzeichneten ihn eindeutig als Anhänger der Protestbewegung. Der Papa stritt sich gerne am Gartenzaun mit dem Vollbartträger – war er vielleicht auch einer von denen, die auf die Straße gingen, um die Gesellschaft zu zerstören, aber bloß nichts arbeiten wollten?! Man müsse doch, sagte der junge Mann, eine Gesellschaft verändern, die sich nach dem Krieg eben zu wenig verändert habe. Das habe ja wohl nichts mit Arbeiten zu tun! Dann geh doch *nach drüben*, wenn du Revolution machen willst! Das ist keine Frage des Wollens, sondern von demokratischen Veränderungen! Und so weiter …

Der Junge durfte manchmal den kleinen Bruder begleiten, um den Revolutionär in seinem Zimmer zu besuchen. Sein Zimmer befand sich drei Stockwerke über ihrer Elternwohnung im Dachgeschoss des Wohnblocks, er hatte am Ende einer Reihe von Speicherabteilen mit Gerümpel sein eigenes Reich. Es sah anders aus als alles, was der Junge bisher gesehen hatte. Auf der Bettdecke eine bunte Wolldecke, wie aus einem Winnetoufilm, und auf das Bett durfte man sich einfach so drauflegen. Diese Schreibmaschine auf dem Schreibtisch, geheimnisvoll, bewacht von Bücherbergen. Ein niedriger Tisch, an den man sich auf den Boden setzte, und auf dem Tisch Weinflaschen, auf denen Kerzen steckten. Auf großen Postern Jimi Hendrix, Albert Einstein mit der rausgestreckten Zunge, Che Guevara mit dem roten Stern an der Kappe. Aus einem Tonbandgerät bekamen sie brandneue Rockmusik, in einer Lautstärke, die nur in einem fernen eigenen Reich erlaubt war. Und ihm wurde gesagt: Er solle sich von seinem autoritären Alten nichts mehr gefallen lassen, denn die Zeit dieser Autoritäten sei jetzt abgelaufen … Aber was hatte das eine *Gefallenlassen* mit dem anderen zu tun? Wenn sie nach einer halben Stunde wieder abzogen, hatte es dem Jungen, der sich nichts mehr gefallen lassen sollte, dort so gut gefallen, dass er genau wusste, dass er auch so werden wollte. Ob er dann ein gefallener Engel wäre, fragte er sich noch nicht.

Die Frau studierte Literatur, und das Geld zum Leben verdiente sie sich in einer Peepshow in der Schillerstraße am Münchner Hauptbahnhof. Sie erklärte dem Studenten aus der Provinz, dass sie in die Schillerstraße nicht nur deshalb zum Arbeiten gehe, weil es leicht verdientes, gutes Geld sei, sondern weil es ihr Spaß mache. Sie sagte, es müsse genügen, dass sie ihm das einmal gesagt habe, und er solle es glauben oder nicht, aber ihr nicht damit auf die Nerven gehen. Er glaubte es, denn sie war das blühende Leben, kein Opfer, hinter dem ein Mann stand, der mit Schlägen drohte. Sie mochte die Peepshow, weil sie nicht allein auftrat, sondern mit einer Schwarzen Freundin eine »Black-Girl-White-Girl-Nummer« vorführte. Allein fände sie es eklig, aber im Duo müsse sie nicht an den Mann denken, der sie beobachtete.

Sie hatten sich auf einer Party kennengelernt, und sie erzählte ihm solche Sachen auf einer Party, und sie ließ sich auch nicht davon ablenken, dass sich immer viele mit ihr unterhalten wollten. Seine Schwierigkeiten, sich mit ihr zu unterhalten, hatten ausnahmsweise nichts damit zu tun, dass er als Provinzjunge noch eine Menge aufzuholen hatte. Sie sah gut aus und war so angezogen, als würde sie Werbung für eine Peepshow in der Schillerstraße machen. Wusste sie genau, machte ihr Spaß. Als sie zu ihm sagte, pass mal auf, mein Freund, ich steh nicht auf Männer, also mach dir keine falschen Hoffnungen, war er noch mehr verwirrt, und gleichzeitig erleichtert – außer sie besuchte ihn in seinem Zimmer und sie waren allein, saßen mit Sicherheitsabstand auf dem Bett, betranken sich mit Wein oder es gab irgendwas Bewusstseinserweiterndes aus ihrer Handtasche, und hörten Kassetten, *No New York* und Patti Smith, James Blood Ulmer und The Clash, dann war es wieder schwierig, denn sie hatte einen Rock an, der kaum länger als eine Zigarette war, oder trug zu den Jeans eine tief und noch viel tiefer ausgeschnittene Bluse. Schönes Spiel, nannte sie das, die Tussi mit den großen Titten machen, die von nichts eine Ahnung hat, außer dass es einen neuen Hit von Supertramp gibt.

»Ich bin eine Performance-Künstlerin!«, rief sie gerne mal auf einer Party aus und warf dabei die Arme eindrucksvoll in die Luft. Übrigens waren in diesem Ausruf zwei Anspielungen enthalten: die Anspielung darauf, dass sie für ihre Darbietungen in der Peepshow Respekt forderte, und die Anspielung, dass Performance-Kunst in der Punkszene auf derselben Stufe stand wie die verhassten *schreibenden Lehrer* oder *Arztgattinnen mit Kunstgalerie.* Wer was mit Performance machte, hatte nichts im Kopf, außer den Wunsch, mit irgendwas mal in die Zeitung zu kommen. Es gab natürlich viel bessere Beispiele, um hier zu zeigen, wie sich die Zeiten geändert hatten.

»Ich könnte mich wegschmeißen«, dozierte die als Tussi-Schlampe Verkleidete, so auf seinem Bett ausgebreitet, dass er lieber auf dem Boden saß, »wenn so'n reiches Yuppiemännchen nicht glauben kann, dass ich mich nicht für ihn und sein Yuppiezeug interessiere, verstehst du? Nein, verstehst du natürlich nicht, weil du's auch nicht akzeptieren kannst, dass Männer für mich was anderes sind als für die anderen Tussen, erzähl mir doch nichts.« Dabei knetete sie, wie oft bei solchen Vorträgen, ihre Brüste, als würden sie oder der Büstenhalter nicht richtig sitzen. Sie behauptete, sie würde mit dem Kneten ganz unbewusst und immer dann anfangen, wenn sie etwas sehr beschäftige, und immer sofort damit aufhören, wenn ihr bewusst würde, was sie da mache. Das konnte auch im Café oder während einer Vorlesung passieren.

»Du treibst mich noch in den Wahnsinn«, sagte er, wenn er sich mit irgendeiner Substanz genügend Mut einverleibt hatte.

»Mich treiben auch viele in den Wahnsinn, das kannst du mir glauben!«

Sollte er sie doch in der Schillerstraße besuchen, um ein bisschen was von seinem Wahnsinn loszuwerden, dafür wäre die Peepshow ja schließlich erfunden worden, hatte er denn keine Freundin, hatte er etwa schon wieder eine Freundin abgestoßen, war sie etwa schuld daran, weil sie sich zu oft trafen und diese Weiber dann sonst was dachten, Herrgott, warum stellte er sich denn so an! Im nächsten Moment kam sie mit Mitgefühl: »Ich möchte nicht, dass ich noch ein Problem mehr für dich bin, dann geh ich jetzt lieber.«

»Hör auf mit dem Quatsch, das war doch nur ein Witz. Ich muss zuerst einen Roman über dich schreiben, dann kann ich wahnsinnig werden, und das wird noch eine ganze Weile dauern.«

»Ich bin also nur ein Roman für dich.«

»Du bist eben eine Sensation. Tu nicht so, als wüsstest du das nicht, du falsche Schlange.«

»Leck mich doch am Arsch.«

»Wie meinst du das?«

»Nimm deinen Roman und schieb ihn dir rein, das ist gemeint.«

Vor allem war er wohl deshalb in sie verknallt, weil sie von seiner Behauptung wie niemand sonst hingerissen war, er würde Schriftsteller werden oder – es würde nie einen anderen Weg geben! – vor die Hunde gehen. Er war ihr Held. Mit seiner Vorstellung, wie das zu laufen habe, sei er zwar ein dummer Romantiker, sagte sie, aber auch ein Held, mit dem Vorteil, dass er auch ein Held wäre, wenn er nie ein Buch zustande bringen würde, weil er ja etwas schreiben könnte, für das sich niemand interessierte, und doch hieße das nicht, dass es schlecht wäre. Sie bestätigte ihn in seiner Ansicht, dass es eine großartige Berufswahl war für einen, dem die Gesellschaft Angst machte, wenn er keine stärkenden Stoffe zu sich nahm, und der nicht den Mut hatte, sich mit Prüfungen und Anweisungen und harten Bandagen einen Weg durch die Gesellschaft zu bahnen. Das sprach er ihr gegenüber jedoch nicht aus, kam sich dumm dabei vor, schwächlich, ohne den Kampfgeist des überzeugten Außenseiters.

Als er ihr von seiner Adoption und der noch unbekannten

Mutter erzählte, kam sie mit einer Antwort, die klang wie von höheren Mächten eingeflüstert: Sie hatte es doch gewusst! Dass es einen besonderen Grund geben musste, warum er so ein netter Junge war! Und das war doch auch der Grund, warum er schreiben musste … Weitere Diskussionen und Spekulationen darüber lehnte sie ab, sie würde nie ein Kind haben wollen, also Schluss damit.

Sie gingen sogar zusammen spazieren. Gingen langsam, weil sie, das machten sie überall, über Literatur diskutieren mussten. Sie war unzufrieden mit ihrem Studium der Neueren Deutschen Literatur, es war nicht das falsche Studium, würde ihr aber nichts bringen, weil diese blöden Säcke keine Ahnung hätten und alles bei Thomas Mann stehen geblieben wäre. Allenfalls mit Thomas Bernhard wollte sich ein Professor mal als modern aufspielen, das durfte doch nicht wahr sein! Er hatte da schon die Überzeugung gewonnen, dass man das nicht studieren musste, um schreiben zu können. Und um dabei beachtliche Ergebnisse zu erzielen, musste alles Etablierte abgelehnt werden. Sie kannte alles von William S. Burroughs über Rolf Dieter Brinkmann (für den sich doch keine alte Sau aus der Literaturbürokratie mehr interessieren würde, wenn er nicht spektakulär und früh gestorben wäre [*ist ein Autounfall spektakulär?*]) bis zum deutschen Außenseiter Jörg Fauser, über den sie früher als ihr adoptierter Freund berichten konnte, dass dieser Autor nach von Heroin durchdrungenen Gedichten, Cut-up-Texten und an Bukowski geschulten Erzählungen jetzt einen Kriminalroman veröffentlichte.

Die Sonne schien heiß auf Schwabing, und sie blieb plötzlich an einem Straßennamenschild stehen, sagte »Nein!« und fing zu lachen an. Er verstand nicht, was es bei Jakob-Klar-Straße zu lachen gab. Sie hätte es falsch gelesen, nämlich zuerst Christian-Klar-Straße und sich gedacht: wie bitte! Und er könne es glauben oder nicht, aber als sie die Meldung gehört habe, dass dieser Christian Klar, Anführer der dritten Generation der Roten Armee Fraktion, verhaftet worden war, habe sie das körperlich mitgenommen, »hier unten«.

»Ich habe die Verzweiflung von dem Typen bei seiner Verhaftung in meiner Muschi gespürt«, weil ihr in dem Moment ganz klar geworden sei, dass der Kampf, der ihr etwas bedeutet hatte, zu Ende war. Das sei doch esoterischer Unsinn, sagte er, die Rote Armee Fraktion habe sich mit dieser dritten Klar-Generation doch endgültig von allem entfernt, was man irgendwie als antifaschistischen Kampf habe bezeichnen können. Er würde doch nicht richtig ticken, erwiderte sie … Diese Auseinandersetzung wurde nie fortgesetzt, weil sie bald darauf verschwand, weggezogen nach Hamburg angeblich, und er nie wieder von ihr hörte.

Monate später begegnete er, in einem fast leeren Musiklokal, einem Mann mit einem sehr bekannten Gesicht, der als Mitglied der Bewegung 2. Juni für seine »Beteiligung am bewaffneten Kampf gegen die BRD« einige Jahre im Gefängnis gewesen und gerade entlassen worden war. Ob er ihn etwas fragen könne? Natürlich, sagte der, mit dem Hinweis, dass die meisten der wenigen Anwesenden im Musiklokal Zivilpolizisten seien und er sich vielleicht besser nicht mit ihm und offensichtlich freundlich unterhalten solle. Was also war seine Meinung über diese dritte Generation? »Alles Scheiße«, sagte er kopfschüttelnd, und dass seine Gruppe, der 2. Juni, nie auf Linie der Roten Armee Fraktion gewesen sei und dass alles, was sie seiner Meinung nach mit Berechtigung vorgehabt hätten, schiefgelaufen sei, auch wenn er selbst nie auf jemanden geschossen und das auch nie in Betracht gezogen habe.

»Mir reicht's jedenfalls«, sagte er abschließend mit einem Blick in Richtung der Männer, die garantiert im Dienst waren, um ihn zu beobachten, »aber das werden die noch lange nicht glauben wollen.« Und sagte noch, mit einem freundschaftlichen Schlag auf die Schulter: »Mach keinen Unsinn, du weißt, was ich meine.«

Es waren die Frauen, die auf Empfang schalteten und neugierig wurden, wenn er von seiner Adoption erzählte. Als ihm das klar wurde, fing er an, das Thema einzusetzen, wenn er mit den Themen *Ich bin Schriftsteller* oder *Ich schreibe für ein kleines Kulturmagazin über Punk, Jazz und Literatur, aber nur Underground* nicht auf sich aufmerksam machen konnte. Dabei beschäftigte ihn zunehmend, warum er nicht die Courage aufbrachte, seine unbekannte Mutter zu suchen. Es gab sicher Männer, die alles beschäftigte, was mit einem Kind zu tun hatte – Schwangerschaft, Abtreibung, Adoption –, aber er war nie einem begegnet. Es waren immer Frauen, die sich darum kümmerten. Ein Kind verhüten, verlieren, bekommen, haben, weggeben. Eines haben wollen, aber keinen

Freund haben, der auch eines will (vom umgekehrten Fall hörte er nie). Kind ja, aber bloß nicht mit einem Mann zusammenleben. Die Angst, dann als alleinerziehende Mutter dazusitzen (war verbreitet, schien jeder Frau jederzeit passieren zu können). War ein Studium mit Kind zu schaffen? Wie groß war die Gefahr, mit einem Kind zur blöden Spießerkuh zu werden, die Geburtstage nur noch auf dem Spielplatz feierte? Das alles war so kompliziert, dass es erst mal aufgeschoben wurde, wobei man auf diese tickende Uhr auch noch aufpassen musste, und wie war das überhaupt mit dieser Adoption, dieser Möglichkeit, an die man nie so richtig dachte, welche Erfahrungen hatte er denn damit gemacht?

Nach dem zwangsläufigen Abbruch des Studiums und dem Ende der damit verbundenen staatlichen Finanzierung stolperte er in ein Jahrzehnt der Aushilfstätigkeiten, die sich für einen Schriftsteller – ohne Ausbildung, aber möglicherweise kurz vor dem erhofften Durchbruch – boten. Er bekam, obwohl er Hank Williams' »Too Many Parties and Too Many Pals« zu sehr beherzigte, schon bald den besten und seriösesten Aushilfsjob: Korrekturleser in einem juristischen Verlag.

Bei freier Arbeitszeiteinteilung waren Sorgfalt und Zuverlässigkeit oberstes Gesetz; er hatte einen Test bestehen müssen, dass er nicht nur lesen, sondern konzentriert lesen konnte und jedem Feler endeckte. Er betrachtete es als Grundlage für seine weitere Laufbahn. Man arbeitete zu zweit oder mit einem Tonband, ein von Juristen korrigierter veralteter Text wurde von einer Person vorgelesen, und die neue Fassung, die bald erscheinen sollte, wurde von der zweiten Person überprüft, ob Korrekturen ausgeführt worden und ob dabei neue Fehler entstanden waren. Diese Werke wurden zwei- oder sogar dreimal überprüft, denn sie wurden von allen Juristen bis rauf zum Bundesverfassungsgericht benutzt, und ein Fehler in aktualisierten Gesetzestexten konnte sich katastrophal auswirken. War es nicht eigentlich riskant, eine solche Verantwortung jungen Leuten zu überlassen, die, das war nicht zu verheimlichen, einen erheblichen Teil ihrer Energien für die Abteilung Nachtleben einsetzten? Die sich, wenn sie für acht Uhr morgens eingeteilt waren, erst mal erholen mussten, bevor sie beginnen konnten (was ohne Probleme möglich war, da die Korrekturarbeiten in einem abseitigen Bereich der weitläufigen Verlagsräume stattfanden). Nahende Vorgesetzte hörte man lange genug vor ihrem Auftauchen, um sich notfalls noch schnell am Waschbecken in Form zu bringen. Ideale Arbeitsbedingungen, und vermutlich deshalb gab es sogar bei diesem altehrwürdigen Verlag eine Verbindung zur Rebellion von Achtundsechzig. Zweimal im Jahr wurde der Park im Hinterhof von schweren schwarzen Limousinen besetzt und alle Haupt- und Nebeneingänge wurden von massiven Männern in dunklen Anzügen kontrolliert. Dann war der Generalbundesanwalt zu einer Besprechung im Haus, der bei einem dieser bedeutenden Gesetzeswerke, die geradezu pausenlos aktualisiert werden mussten, als Herausgeber fungierte. Da musste jedes Risiko vermieden werden, seit in den Siebzigerjahren einige Studierende, bevor sie im Umfeld der Roten Armee Fraktion untergetaucht waren, in der Korrekturabteilung gearbeitet hatten. Es gelang ihm nicht, ihre Namen rauszubekommen, niemand wollte sich an diese *Saat der Gewalt* genau erinnern können, als bestünde immer noch die Gefahr, dass ein renommierter juristischer Verlag deswegen mit Dreck beworfen werden könnte. Er konnte sich nicht erinnern, warum er nach etwa zwei Jahren eines Tages von diesem traumhaften Aushilfsjob gefeuert wurde, der trotz der kurzen Zeit lebenslänglich nachwirkte.

Die beiden Kolleginnen Nina und Pascale, mit denen er am engsten befreundet war, studierten an der Filmhochschule. Nina würde sich als Regisseurin etablieren und Jahrzehnte später einen seiner Kriminalromane verfilmen. Darin hatte er nicht nur seine Peepshowfreundin und die Schillerstraße am Bahnhof, sondern auch eine komplizierte Mutter-Sohn-Beziehung mit einem Unbekannter-Vater-Problem *verarbeitet* oder besser gesagt *verwurstet* oder sogar *ausgeschlachtet*. Bei den Dreharbeiten saß er mit Nina im Schiller Café, und jetzt hatten sie eine jahrzehntelange Freundschaft im Rücken und wussten, dass dieses Café mit seinen unzähligen Fotos von Boxern und zahllosen Erinnerungen an *leichte Mädchen und schwere Jungs*, die sich im Sog der Zeit irgendwohin zerstreut hatten, bald abgerissen werden würde. Sie fragten sich, wann sie selbst an der Abrisskante stehen würden.

»Wie viel hat denn dein Roman und dieser Mutter-Sohn-Kram eigentlich mit deiner Geschichte zu tun, mit der du uns damals alle so genervt hast?«, fragte Nina.

»Na ja, so'n bisschen schon.«

»So'n bisschen, ja? Sehr aufschlussreich. Dass ich nicht lache. Also dieses Korrekturlesen damals«, sagte Nina, »ich kann's kaum noch glauben, das war doch komplett verrückt alles. Wie wir damit angegeben haben, welche Filme und Bücher wir machen werden, ein Wahnsinn!«

»Aber ich habe nie daran gezweifelt, dass du's schaffen wirst«, sagte er.

»Wir haben beide einiges hingekriegt, hätte mehr sein können, aber ist nicht schlecht gelaufen. Aber als Regisseurin, ich kann dir sagen, diese Typen, mit denen ich immer wieder zu tun habe, ich könnte kotzen. Hätte ich nicht geglaubt, wenn mir das damals jemand gesagt hätte.«

Wie auch er damals niemals geglaubt hätte, welche Folgen es haben würde, dass er bei einem Übungsfilm seiner Korrekturkollegin und Filmstudentin Pascale mitmachte. Er lernte dort eine Frau kennen (die er dann bei ihrem ersten Flug nach New York mehrmals *Mother* nennen sollte, ohne damit *Mutter* zu meinen). Er heiratete sie bald und zeugte mit ihr eine Tochter [*das könnte etwas ausführlicher sein*], die in New York ebenfalls seine Mutter zum zweiten Mal treffen und ihr ihren zukünftigen Mann vorstellen würde.

»Diese Mutter!«, hatte ihn Pascale damals angeblafft. »Hör jetzt endlich mal auf, allen mit deiner dämlichen Ich-kenne-meine-Mutter-nicht-Geschichte auf die Nerven zu gehen!«

Weil ihm aufgefallen war, dass Frauen sich für diese Geschichte verstärkt interessierten, hatte er damit bei seinen Kolleginnen angegeben und sich als Mann präsentiert, der zu einem speziellen Frauenthema einen tollen Draht hatte. Pascale kannte ihn inzwischen so gut, dass sie sich nicht scheute, ihm deswegen ordentlich den Kopf zu waschen.

»Entweder du unternimmst endlich was und suchst diese

blöde Schlampe oder ich will nie wieder was davon hören! Das ist nicht mehr zum Aushalten, stell dich nicht so an, was soll denn schon passieren?«

Plötzlich hieß es bei denen, die darüber Bescheid wussten, ständig *endlich*. Das müsse *endlich* ein Ende haben. »Such endlich diese blöde Schlampe!«, hatte seine Freundin Pascale gesagt (heute würde sie wohl *Bitch* sagen). Mit einem deutlichen Du-blödes-Weichei-Unterton. Hatte der arme Junge Angst, dass ihm der Kopf abgerissen würde? Der *arme Junge* und das adoptierte Kind weckten kein Interesse mehr, sondern gingen allen auf die Nerven. Die Sache musste erledigt werden, ehe er und sein »Problem« nur noch lächerlich und peinlich würden. Obwohl dabei einiges passieren konnte. Wovon der verdammte Rest der befreundeten Welt keine Ahnung hatte. Die lebten alle locker dahin, und ihr Problem war höchstens die Frage, wo sie nachts tanzen gehen sollten.

Er hatte keinen echten Plan, außer endlich bei der einzigen Adresse, die er als Anhaltspunkt hatte, an die Tür zu klopfen. Mit zwei besten alten Freunden machte er sich auf den Weg in das Bergdorf. Die Freunde brauchte er, um zu verhindern, dass er es sich auf dem Weg wieder anders überlegte. Allein im Auto oder im Zug wären ihm unterwegs sicher tausend bessere Pläne eingefallen, die dann eine sofortige Umkehr erfordert hätten, damit sie zu Hause in Ruhe ausgearbeitet werden konnten. Es gab bekanntlich immer einen besseren Plan. Wäre es nicht auch höflicher ihr gegenüber und für ihn selbst weniger riskant gewesen, es zuerst von zu Hause aus mit einem Anruf zu versuchen, und nicht sofort das Auto vollzutanken und loszufahren? Nein, denn es war zweifellos einer dieser Fälle, in denen es angebracht war, ohne Voranmeldung durch die Tür zu marschieren, um ein aussagekräftiges Ergebnis zu bekommen. Manchmal war es – das wusste er aus vielen Westernfilmen – überlebenswichtig, zuerst zu schießen und dann zu fragen. Die Frau, die am Telefon leicht behaupten könnte, sie würde diese Frau, die er sprechen wollte, nicht kennen, würde, wenn sie die Tür öffnete und er so was wie »Dein Sohn ist da« sagte, vielleicht sofort von Tränenströmen überwältigt umkippen oder zu Tode erschreckt die Augen aufreißen und die Tür zuschlagen. Und das wäre in jedem Fall eine klare Reaktion. Die über zwanzig Jahre alte »Heimatadresse« der jungen Frau, seiner Mutter, die sich mehrmals geweigert hatte, den Namen des Kindsvaters anzugeben, stand in einem der Dokumente, die er als Kind entdeckt hatte. Schon das Wort »Heimatadresse« löste Brechreiz aus, im Haus nebenan befand sich inzwischen wahrscheinlich das Büro für Heimatschutz. Er hatte kein gutes Gefühl. Er saß auf der Rückbank des Autos und versuchte sich zu beruhigen. Was soll schon passieren, er wollte ja nur endlich wissen, wer diese Frau war. Er war nicht auf der Suche nach einer weiteren Frau, die ihn bemuttern sollte, Gott bewahre, *eine* Mama zu haben war ausreichend, das bestätigten alle Männer, die er kannte, falls die eine nicht sogar zu viel Mama war. Obwohl er ständig *was soll's* dachte, fühlte er sich nicht besser, dort auf der Rückbank, und war so nervös, als sollte er in diesem garantiert gottverlassenen Bergdorf gleich vor einen Standesbeamten treten und einer Frau das

Jawort geben, die er noch nie gesehen hatte und von der er nichts wusste, außer dass sie Kühe melken und mit einer Schrotflinte umgehen konnte. Allein auf der Rückbank war jedoch auch eine gute Position, um den Plan zu verbessern – vor Ort würde er zuerst anrufen und die Lage sondieren, bevor sie bei der Heimatadresse auf- und die Tür eintreten würden. Falls sich beim Anruf nicht herausstellen sollte, dass es besser war, gar nicht mehr dort anzutanzen und die Tür einzutreten, was man ja als zivilisierter Mensch nur in extremen Ausnahmefällen tun sollte. Die Freunde auf den Vordersitzen kommentierten den neuen Plan, der hinter ihrem Rücken ausgebrütet wurde, nur beiläufig, sie hätten ja noch eine Menge Weg vor sich und dabei würden ihm noch viele bessere Pläne einfallen, keine Panik!

Es war Sommer, und unter einem strahlend blauen Himmel, eingekreist von scheinbar eher freundlichen als gefährlichen Bergketten, hielten sie am frühen Nachmittag an einer Telefonzelle. Die er nach den üblichen Dehnbewegungen betrat. Die Zelle befand sich in einem emotionalen Krisengebiet, aber die Affäre wurde jetzt ohne weitere Verzögerung bearbeitet. *Von einem Mann, der tat, was ein Mann tun musste.* Er fing an, die extrem dünnen Seiten des Telefonbuchs hin und her zu blättern, begleitet von diesem hässlichen scharfen Knistern, das er mit dem Rausreißen der Seite beendet hätte, jedoch stand der Name nicht im Telefonbuch. Er verließ die Zelle mit erhobenen Händen und erklärte, dass man jetzt nichts mehr tun könne, außer den Fall zu den Akten zu legen und zu vergessen. Er entschuldigte sich, ihnen Zeit gestohlen zu haben. Einer der Freunde ging in die Zelle, weil man sich nicht auf seinen kühlen Blick verlassen wollte, kam jedoch zum selben Ergebnis. Das Adoptivkind war nun der Ansicht, dass man sich den Weg zu dieser Heimatadresse sparen konnte, seine Freunde waren anderer Meinung. Ein älterer Herr mit Trachtenhut und Einkaufstasche, der in der Nähe stand und sie beobachtet hatte, wurde konsultiert, und der alte Depp kannte natürlich die Heimatadresse und den Weg dorthin.

Der Wohnblock lag in einer Siedlung von Wohnblocks, die von mächtigen Felsen bewacht wurden und nicht nach einer lieblichen Heimat in den Bergen aussahen. Zu dritt gingen sie ganz nah ran an die Klingelschilder. Der Name war nicht dabei, und er war nicht unglücklich darüber. Nun war der Fall endgültig erledigt. Sie konnten dieses feindliche Gebiet verlassen. Aber diese Freunde wollten es immer noch nicht kapieren, Freunde sind die Typen, die immer besser wissen, was du tun sollst. Sie behaupteten jedenfalls, dass es gut wäre, noch eine Weile vor Ort zu bleiben und abzuwarten. Im ersten Stock des Wohnblocks tauchte kurz darauf eine alte Frau auf, die im offenen Fenster ihren Beobachtungsposten bezog. Nichts wäre ihm mehr zuwider, als eine alte Frau zu belästigen, die es sich in einem offenen Fenster gemütlich gemacht hatte. Den Freunden aber waren seine guten Manieren gleichgültig, und die alte Frau wurde freundlich lächelnd angesprochen. Wohnte sie schon lange da, und kannte sie vielleicht diese Familie, die sie suchten, die früher auch da gewohnt hatte? Aber natürlich hatte sie die Nachbarn gut gekannt, sagte sie, aber die seien schon vor einigen Jahren umgezogen, wie lange war das jetzt schon wieder her, so lange war es noch nicht her, aber der Name würde nicht mehr stimmen, das sei der alte Name der Frau gewesen, die dann aber natürlich den Namen ihres zweiten Mannes angenommen habe, das sei aber schon sehr lange her, und warum suchten sie denn die Familie? Oder den Sohn? Wahrscheinlich würden sie doch den Sohn suchen, und zwei Töchter seien da, eine oder zwei, das wisse sie nicht mehr genau, die Kinder seien ja noch früher weggezogen, also eine Familiengeschichte? Einer der beiden Freunde lockte sie mit der Auskunft aus der Reserve, es handele sich tatsächlich, genau wie sie vermutet hatte, um eine Familiengeschichte. Er verfiel sogar, um ihr Vertrauen zu gewinnen, viel stärker als üblich in den Dialekt, und das schaffte genug Vertrauen, und die alte Frau winkte kopfschüttelnd ab, jaja, hör mir bloß auf mit Familiengeschichten!

Als er diese Episode bis hierhin geschrieben, gelesen, korrigiert und wieder gelesen hatte, gefiel sie ihm immer weniger, und er fragte sich einmal mehr, ob es nicht besser wäre, diese Buchsache *endlich* endgültig abzuhaken. Das Scheitern passte doch zu einem Buch, bei dem es kein *Ende* gab. Für ihn war das Graben in der eigenen Vergangenheit offensichtlich keine gute Arbeit, besser aufhören damit, bevor man noch merkwürdige Anfälle bekam. Hatten Expert:innen nicht herausgefunden, dass Scheitern eine gute Sache war? Andererseits dämmerte ihm an dieser Absturzstelle, dass die zähen Buchstabenketten dieser Episode die Situation von damals eigentlich nicht schlecht wiedergaben. Was er jedoch auch sofort als übliche Ausrede erkannte. Er hatte den Überblick verloren und fragte sich, ob er seine Überlegungen zum

Thema Milchmädchenrechnung [*kennt man den Ausdruck heute noch?*] gestrichen hatte; er war sich nicht sicher – ganz sicher jedoch war sich damals die alte Frau im Fenster, dass die gesuchte Familie nicht ans Ende der Welt, sondern nur ins nächste Dorf umgezogen war und dass sie die Adresse sicher im Telefonbuch finden würden, und so war's auch.

Er blieb bei seinem zivilisierten Plan, die Lage zuerst mit einem Anruf zu sondieren. Eine Frau meldete sich mit dem Namen, den ihnen die alte Frau im Fenster genannt hatte, und er war jetzt also mit der Mutter seiner Mutter verbunden und fragte, ob er die Rosmarie sprechen könnte.

Also, die Rosmarie? Also …, sagte sie mit sehr großer Verwunderung … also nein, die ist nicht da … Warum wollen Sie die denn sprechen?

So weit hatte er natürlich geplant. Er sei ein alter Schulfreund, behauptete er, und jetzt nach vielen Jahren einmal wieder in der Gegend und da habe er sich gedacht, er könne ja mal.

Aha, antwortete seine Oma und schickte riesige Fragezeichen durch den Hörer.

Ja, sagte er, wann ist sie denn wieder da?

Aber die ist ja nicht mehr da, sagte die Oma, die ist doch schon lange in Amerika.

Ach, aha. War sich bewusst, dass er jetzt keine lange verräterische Pause machen durfte. Also, na ja, dann, also das wusste ich nicht, weil es ja schon so lange her ist, dass wir uns gesehen haben.

Jaja, schon lang, sagte sie. Abwartend.

Ach, das ist ja schade, sagte er.

Er beendete das Gespräch mit schönen Grüßen und entschuldigte sich für die Störung. Verließ die Zelle und meldete den Freunden, was Sache war, und sagte, das war's, er habe zwar vergessen zu fragen, wie es der Mutter denn gehe, aber er würde nicht noch mal anrufen, das war's. Amerika ist groß, sagten die Freunde, wo war sie denn, hing sie fest in San Quentin oder auf einem Hausboot am Mississippi, hatte er die Oma das gefragt? Hatte er nicht, weil sie misstrauisch gewesen sei und es ihm niemals gesagt hätte. Dann fahren wir jetzt hin, sagten die Freunde, auch schon etwas genervt. Aber was sollten sie denn dort, er wollte doch nicht seine Großmutter Nummer drei, sondern seine Mutter kennenlernen. Und genau deswegen mussten sie hinfahren, keine Diskussion. Und wieder parkten sie vor einem Wohnblock in einer Blocksiedlung unter hohen gezackten Bergen.

Die Großmutter riss die Wohnungstür sofort weit auf und hielt sich sofort beide Hände mit typischer Das-darf-doch-nicht-wahr-sein-Geste vor Mund und Nase, noch ehe er sagte: Ich glaube, ich bin Ihr Enkel.

Sie war so alt wie seine Adoptiveltern, ebenso wie der Mann, der über ihre Schulter linste. Sie breitete die Arme aus, um ihn zu umarmen, und sagte, darauf haben wir eigentlich täglich gewartet, seit vielen Jahren schon. Bei dem Anruf vorhin hätte sie es schon gewusst und zu ihrem Mann gesagt: Das ist das Kind, ganz bestimmt. Endlich, sagte sie. Und auch seine Freunde mussten sich mit ins Wohnzimmer setzen, das so aussah wie das Wohnzimmer seiner Adoptiveltern. Er erzählte schnell – das hatte er vorbereitet –, dass es ihm gut gehe und dass er in guten Verhältnissen bei liebenden Eltern aufgewachsen sei und jetzt nur aus Neugier seine Mutter kennenlernen wolle. Leute in dieser Situation hatten häufig Angst davor, dass plötzlich eine Gestalt aus einer dunklen Vergangenheit kam, die sich an sie klammerte, Vorwürfe machte, ein neues, besseres Leben von ihnen forderte oder viele unangenehme Fragen stellte. Er hatte ein verkrampftes Gespräch einkalkuliert oder sogar peinliches Schweigen, aber die Fragen und Antworten flogen hin und her und bald kamen Biere und Brote auf den Tisch, nicht um Feierstimmung aufkommen zu lassen, sondern um zu zeigen, dass man sich freute und ihn und seine Freunde nicht möglichst schnell wieder loswerden wollte. Seine Mutter war also nicht lange nach seiner Geburt zurück zu ihrer Heimatadresse gezogen. Hatte ohne Erfolg Geburt und Adoption zu verheimlichen versucht. Es habe ihr aber in der Heimat nicht mehr recht gefallen, erzählte die Oma, sie sei mit ihrem Stiefvater schon vorher nicht so gut ausgekommen und habe deswegen weit weg eine Lehrstelle angetreten. Eines Tages sei sie schwanger geworden. Ihr Stiefvater, der zweite Mann der Oma, bestätigte ihre Behauptung, er habe sich mit der Tochter nicht so gut verstanden, mit einer So-war-es-leider-Geste, ohne sich jedoch, das fiel dem verlorenen Sohn auf und er fand es sympathisch, zu verteidigen oder sie zu korrigieren.

Sie sei halt schon immer ein ziemlich wildes Mädchen gewesen, sagte die Oma, habe immer ihren eigenen Kopf gehabt und immer allein raus in die Berge gemusst, ganz wie ihr Vater, und dann, bald nach ihrer Rückkehr, bald nach seiner Geburt, habe sie den amerikanischen Soldaten kennengelernt, ihn geheiratet und sei mit ihm ab nach Amerika, da sei nichts zu machen gewesen – da wird sie aber schön schau'n, wenn ich ihr schreibe, dass du uns jetzt endlich gefunden hast, sagte die Oma.

Es hatte tatsächlich mit Schauen zu tun und mit vorauseilendem Verstehen beim Lesen, als seine Mutter den Brief von ihrer Mutter mit der Nachricht von seiner Ankunft bekam.

Die beiden Kinder seiner Mutter, die von seiner Existenz nichts wussten, waren dabei, als der Brief in New York ankam, auch die ältere der Töchter, die nicht mehr zu Hause wohnte. Alle, so erzählte es ihm die Oma später am Telefon, hätten sich über den Brief aus Bayern gefreut und seine Mutter habe sofort angefangen, ihn vorzulesen. Eine Sekunde bevor die Worte über ihr erstes Kind aus ihrem Mund gekommen wären, verstand sie, was gleich im Brief stehen würde – vielleicht wurde das Ereignis von der Oma mit den Worten *Du glaubst nicht, wer gestern bei uns vor der Tür stand* eingeleitet –, und änderte spontan den Text, den sie vorlas. Sie dachte, ihr Herz bliebe gleich stehen, erklärte die Oma, aber die Mutter habe sofort irgendwas erfunden, damit die Kinder nichts merkten. Sie habe sich geschämt, aber nicht anders gekonnt. Die Oma lachte, es war ihr schon etwas peinlich.

Kann ich verstehen, sagte er.

Aber wirklich, sie freut sich sehr, dass du sie gesucht und gefunden hast. Und sie hat immer an dich gedacht. Sie freut sich, dass es dir gut geht, und dass es dir danach nicht schlecht gegangen ist, da hat sie sich immer viele Sorgen gemacht, hoffentlich ist das Kind zu guten Leuten gekommen, und sie will dich unbedingt sehen, wenn sie wieder mal rüberkommt, und sie lässt dich schön grüßen.

Sag ihr auch schöne Grüße, sagte er.

Sie hatten also Stille Post gespielt: Die Oma hatte im Brief von seinem Besuch berichtet und was er erzählt hatte. Seine Mutter hatte ihr dann am Telefon erzählt, wie sie den Brief bekommen und vorgelesen hatte. Die Oma hatte ihm schließlich am Telefon berichtet, was seine Mutter über den Brief gesagt hatte und über die Gefühle, die diese Neuigkeit bei ihr ausgelöst hatte … War dabei vielleicht, wie bei Stille Post üblich, am Ende etwas herausgekommen, das am Anfang anders geklungen hatte?

Er fragte sich heute, ob er damals tatsächlich verstehen konnte, dass sie es fünfundzwanzig Jahre später immer noch für eine unsagbare Schande hielt, ihn zur Adoption freigegeben zu haben? Oder hatte es ihm doch etwas zu schaffen gemacht, dass sie ihn immer noch verheimlichte? Dachte er dabei an sie oder an sich? Oder wollte sie ihren jüngeren Kindern nichts von den Bedingungen erzählen, die zur Adoption geführt hatten? Weil sie das Bild einer sittsamen Mutter aufgebaut hatte, das auf keinen Fall wegen eines Typen kaputtgehen durfte, mit dem sie nur eine Nacht gehabt und den sie über seine Zeugung nie aufgeklärt hatte?

Er war nicht verstört oder verärgert gewesen in den nachfolgenden Tagen und Nächten, hatte sich nicht schlimm besoffen oder andere Verdrängungsmethoden angewendet. Eigentlich hatte er nicht mehr erwartet. Wusste nicht mehr, was er erwartet hatte. Vor allem hatte er sich gefreut, dass sie sich gefreut hatte. Und sich nicht gefragt, ob es ihm ihre Mutter richtig erzählt hatte oder ob sie in Wahrheit geschrien und geweint hatte.

Er hatte sie gefunden – und war dabei auf keine Tragödien gestoßen, die einen zu Boden gehen ließen.

Er hatte etwas, obwohl er sie nicht angetroffen hatte, nach jahrelangem, wenn auch nicht ständigem Bemühen: erledigt.

Er war als Schriftsteller immer noch am Nullpunkt, stolperte an den Rändern diverser Gesellschaften dahin, ohne an so was wie Lebensplanung zu denken, nur mit dem Ziel, diesen Nullpunkt möglichst schnell hinter sich zu lassen, ohne dabei in eine Sackgasse zu geraten – und jetzt dieses starke gute Gefühl.

Als wäre er über seinen Schatten gesprungen.

Großmutter Nr. 1 war lange vor seiner Geburt gestorben. An Großmutter Nr. 2 hatte er nur eine kurze Erinnerung, die er lieber nicht gehabt hätte. Die Mama fuhr im Zug mit ihm zu ihr, dann saßen Mutter und Tochter am Tisch und stritten sich, und dann stellte sich dieses blöde Adoptivkind zu seiner Großmutter, beging Verrat an seiner Mama und sagte, es würde zur Oma helfen. Dieses Verhalten des kleinen Jungen war so ekelhaft gewesen, dass er es nie vergessen würde. Seine Mama hätte es erwähnen können, als er wenige Tage vor ihrem Tod am Sterbebett saß. Großmutter Nr. 3 kannte er nicht sehr gut, immerhin telefonierten sie alle paar Wochen miteinander, und sie und ihr zweiter Mann hatten ihn und seine junge Familie mehrmals besucht. Als sie ihn anrief und verkündete, seine Mutter aus Amerika komme zu Besuch und würde sich freuen, ihn endlich kennenzulernen, waren vier Jahre vergangen, seit sie von ihm erfahren hatte.

Die Nervosität im Auto war so groß, dass seine Frau mit einer Hand steuerte und mit der anderen seine Hand hielt, aber die Nervosität durfte nicht *zum Greifen* sein, weil ihre Tochter erst drei war und man ihr diese außergewöhnliche Nervosität nicht genau erklären konnte. Es war zu früh, um ihr mitzuteilen, dass sie ebenfalls drei Großmütter hatte, von denen sie die ihr unbekannte schon bald an den Haaren ziehen könnte. Sie fuhren einfach los, um jemanden zu besuchen. Und wen besuchten sie? Eine Freundin, die sie nicht kenne, und dann würden sie nach Wien weiterfahren, um den Andreas zu besuchen, den sie ja kenne, weil er sie schon öfter in München besucht habe, konnte sie sich erinnern? Und wie heißt *die Frau?* Welche Frau? Zu der sie jetzt fuhren. Sie heißt Rosmarie wie die Rose, aber ohne das e von Rose. Und was macht sie? Warten, dass der Besuch endlich kommt. Und wer ist die Frau?

Sie standen vor der Tür, hinter der ein großes Geheimnis lauerte, und warteten darauf, dass *die Frau* die Tür öffnete, und er musste als Erster vorn an der Tür stehen. Doch seine kleine Tochter drängte sich zum Glück vor, als die Tür aufging, damit sie diese Frau, die sie besuchten und die sie nicht kannte, sofort in Augenschein nehmen konnte. Als sie später die ganze Geschichte erfuhr, wusste sie sofort, dass seine Mutter genau diese fremde Frau gewesen war.

Seine Mutter konnte sich zuerst nicht um das Enkelkind

kümmern. Hielt sich die Hände vors Gesicht. Schockreaktion. Und sagte, er würde aussehen wie er. Aber wie runtergerissen. Ehe sie sich umarmten. Und sich etwas zusammenreißen mussten. Gegen Tränen kämpfen. Vor den Augen ihrer Eltern und seiner Frau und dem Kind. Sich normal verhalten und im Wohnzimmer irgendwie klarkommen. Mit den Sätzen, die man hat, wenn man einen Besuch macht. Und ein kleines Kind dann immer eine große Hilfe ist, ein Thema. Die langen leuchtend rotblonden Haare des Mädchens: genau wie die Haare seiner Mutter, ihrer Großmutter Nr. 3 als kleines Mädchen, flüsterte seine Großmutter Nr. 3. Das Mädchen wusste nicht, wer diese Frau war, die ihre Haare an sie weitergegeben hatte, kletterte jedoch schnell auf ihren Schoß und wollte sie nicht mehr loslassen.

Nur wenn seine Mutter ihn zum Rauchen auf den Balkon begleitete, waren sie allein und redeten sich fest. Sie habe es damals nicht mehr zu Hause ausgehalten, es sei zu eng gewesen, der Stiefvater zu streng. Die Freiheit in der größeren Stadt. Dann diese Nacht mit Liebe. Ohne den Gedanken, dass mehr daraus werden sollte. Sie traf diesen Mann nie wieder, auch nicht, als sie schwanger war. Freundinnen machten ihr Angst, der würde sie mit dem Kind im Bauch als sein Eigentum betrachten und sie in dieses persische Land mitnehmen, ob sie wollte oder nicht, und dort wäre sie wie eine Gefangene, das machten die so, eine andere Kultur, die Frau wäre dort nichts wert, und das habe ich geglaubt, sagte sie. Und die daheim durften es nicht wissen. Sie traute sich nicht, mit einem Bauch oder einem Kind heimzukommen. Und allein mit einem Kind zu sein, konnte sie sich nicht vorstellen.

Dann die Idee Adoption. Sie habe es nie vergessen können, immer an ihn gedacht. Was ist aus ihm geworden, war er zu guten Leuten gekommen? Sagte sie auf dem Balkon, schuldbewusst. Sie redeten, es ging hin und her, tauschten Bruchstücke ihrer beider Leben. Sie gingen vom Sofa zum Balkon und wieder zurück und redeten auf dem Balkon anders als auf dem Sofa vor den anderen.

Sie müsse sich nicht schuldig fühlen, sagte er auf dem Balkon, es gebe keinen Grund, er sei nur neugierig gewesen, nicht auf der Suche nach einer neuen Mutter, die er für irgendwas verantwortlich machen würde, und sie habe doch nichts getan, wofür sie sich schämen müsse. Sie schämte sich aber, dass sie ihren anderen Kindern nichts von ihm erzählen konnte, seinen Schwestern, Halbschwestern, weil sie sich immer noch so schämte. So peinlich, das alles, dass sie ein Kind fortgegeben hatte und dass sie diesen Brief damals nicht vorlesen konnte, aber sie konnte es eben einfach nicht. Sie müsse sich für nichts schämen, sagte er wieder, sie habe doch alles richtig gemacht, sie wären zusammen sehr wahrscheinlich unter die Räder gekommen, und weil sie eine gute Entscheidung getroffen habe, sei niemand von ihnen unter die Räder gekommen, und sie könne ihm glauben, dass er eine gute Kindheit gehabt habe. Jetzt – nach einigen schwierigen und haltlosen Jahren, das müsse er zugeben, und vielleicht sei das etwas, das sie ihm vererbt habe, diesen unruhigen Geist – sei er glücklich mit seiner jungen Familie. Sie hätten eine gute Zukunft vor sich, das könne sie doch erkennen, also genug geschämt, nachdem sie schon damals eine gute Entscheidung getroffen habe. Jetzt schon, sagte sie, aber das habe sie ja all die Jahre nicht gewusst, dass es ihm gut gehe, und deshalb immer daran gedacht und befürchtet, es sei vielleicht schlimm für ihn ausgegangen. Sie habe ja keine Möglichkeit gehabt, ihn ausfindig zu machen.

Also sie sei jedenfalls nach seiner Geburt wieder zurückgegangen zu ihren Eltern und der viel jüngeren Schwester. Es war rausgekommen, was sie hatte verheimlichen wollen, weil die Heimatbehörde über die Geburt informiert worden war und es dann jemand von dieser Scheißbehörde weitererzählt hatte. Damit wurde es zu Hause nicht besser, und sie war froh, als sie sich in einen amerikanischen Soldaten verliebte und mit ihm in sein Land gehen konnte. Nach der Heirat kamen mit geringem Abstand zwei Töchter, die ja fast so alt seien wie er. Zumindest bei diesen Kindern habe sie keinen großen Fehler gemacht, denn es gehe ihnen gut und sie kämen gut miteinander aus. Sie selbst jedoch habe, als die Kinder irgendwann aus dem Haus waren, nicht mehr tun wollen, was ein Mann tun wollte oder von ihr verlangte. Nun sei sie eben zweimal geschieden, sie komme gut allein zurecht und würde auf jeden Fall in Amerika bleiben.

Vom Balkon zurück auf dem Wohnzimmersofa, krabbelte das Kind wieder auf ihren Schoß, und sie erzählte mit ihrem amerikanischen Akzent von Queens, das sich wie eine Kleinstadt anfühle und nicht wie New York, und er erzählte, wie er als Kind immer mit seinem Papa, dem Zugführer, Zug gefahren sei und ganz vorn neben dem Fahrer habe sitzen dürfen. Außerdem sei kürzlich sein erstes Buch erschienen, und er hoffe, das werde ein Erfolg. Warum habe er das Buch denn nicht mitgebracht! Weil er nicht gewusst habe, ob sie Bücher lese. Aber natürlich würde sie es lesen wollen, sie habe schon immer viel gelesen.

Nach drei Stunden fuhren sie weiter nach Wien und mit dem Kind waren sie sich einig, dass sie eine besonders nette Frau besucht hatten. Wer ist die Rosmarie?, fragte die Kleine. Eine Freundin, sagte er. Eine besonders gute Freundin, sagte seine Frau. Das stimmt, sagte er. Und jetzt war seine Erleichterung *zum Greifen*, dass alles so gut verlaufen war; dass er keine Frau, keine Mutter kennengelernt hatte, die er nicht ertragen, leiden, verstehen konnte.

»Dann müssen wir sie mal in New York besuchen«, sagte seine Frau.

»Das müssen wir«, sagte er.

»Warum müssen wir?«, fragte das Kind.

Er kam an diesem geglückten Tag nicht auf den Gedanken, dass sie die nächsten dreißig Jahre wieder keinen Kontakt haben würden. Er schickte ihr sein Buch, bekam jedoch keine Antwort. Er meldete sich nicht mehr, weil er dachte, er würde ihr Leben durcheinanderbringen, und das wollte er nicht. Bald darauf verlor sich auch der Kontakt zu ihren Eltern, wobei er ebenfalls abgewartet hatte, ob sich die Oma melden würde. Er hatte den Eindruck, dass er dann doch eine Störung geworden war, und er wollte nicht stören. Er konnte sich nie entscheiden, ob er seine Einschätzungen für richtig halten sollte oder er sich etwas vormachte, weil es ihm irgendwie besser passte. Er hatte den Eindruck, als sei es in Ordnung, dass es sich so entwickelt hatte und kein Problem daraus entstanden war. Er war sich nicht sicher, ob es kein

Problem war oder ein Problem, das er versuchte beiseitezuschieben. Dabei glaubte er, das bucklige Männlein zu erkennen, das ihm damals nicht aufgefallen war, es hatte alles beobachtet und sich die Hände gerieben: Leute hatten sich in einer seltsamen Geschichte verstrickt, der sie eigentlich schon entkommen zu sein schienen – und wenn man später nicht wusste, wie man so was beschreiben sollte, suchte man nach einer Ausrede und entdeckte den Buckligen, dafür war er doch gut.

Als er dreißig Jahre später, vor dem Flug nach New York, mehrmals mit seiner Mutter telefonierte, sprachen sie miteinander, als hätten sie in der Zwischenzeit oft miteinander gesprochen.

»Aus dieser Geschichte willst du nie ein Buch machen, hast du immer gesagt.«

»Und bin dann doch irgendwie reingeraten. Man geht nur einen Schritt in dieses Haus rein, will nur schnell einen Blick reinwerfen, die Tür fällt zu, und du kommst nicht mehr raus.«

»Und genauer gesagt war es was?«

»Man wird alt.«

»Und kriegt Angst, dass man irgendwann doch noch auf die Idee kommt, es machen zu wollen, aber plötzlich ist es zu spät.«

»Du liegst auf deinem letzten Bett und flüsterst deiner Tochter ins Ohr, ach, wenn ich es doch geschrieben hätte.«

»Du könntest es schreiben, ohne dass es ein Buch werden muss. Soll vorkommen.«

»Kommt mir aber irgendwie blöd vor.«

»Weil du den Wunsch hast, in eine Talkshow zu kommen.«

»Habe ich immer noch nicht.«

»Bloß nichts zugeben.«

»Das Leben ist kein Ponyhof und besonders keine Talkshow, auch wenn es manchmal so aussieht.«

»Und besonders nicht, wenn man in einem Flugzeug sitzt, das nicht ankommt.«

»Verarsch mich ruhig, ich liebe dich.«

»Wir leben glücklich und zufrieden auf einem Ponyhof, aber plötzlich stellt sich heraus, dass der sprachbehinderte alte Knecht, der einsam in einer Bretterbude lebt, dein Adoptivvater ist, nach dem du nie suchen wolltest.«

»Und er gerät in Verdacht, der gesuchte Serienkiller zu sein.«

»Der Beginn einer langen Serie.«

Die mit dem Ende anfangen könnte. Das nur auf dem Papier ein Ende war, weil es ein Ende geben musste.

Sie stehen vor dem kleinen Haus in Queens, wo New York nicht wie New York aussieht. War keine Überraschung. Sie sind vorgewarnt worden, dass viele Stadtteile von New York scheinbar irgendwo liegen, nur nicht in New York.

Seine Frau hält seine Hand, und auch ihre Tochter ist bei

diesem Treffen wieder dabei, und sie hält den Mann an der Hand, den sie bald heiraten wird.

Sie betreten den Vorgarten.

Die Haustür öffnet sich.

Seine Tochter läuft los und schlingt ihre Arme um seine Mutter, die seine Tochter umarmt und ihn mit einem Strahlen im Gesicht ansieht.

Das Bild bleibt stehen.

Einblendung Titel.

QUELLEN UND INSPIRATIONEN

(unvollständig)

Adichie, Chimamanda Ngozi: Americanah. Frankfurt, 2015

Benjamin, Walter: Berliner Kindheit um 1900. Frankfurt, 1987

Boie, Kirsten: Paule ist ein Glücksgriff. München, 1985

Didion, Joan: Blaue Stunden. Berlin, 2012

Fritzen, Florentine: Im Schilfkörbchen. In: FAZ.net, 29.11.2005

Grosse, Nina: Nicht tot zu kriegen. TV-Film, ZDF, 10.8.2020. Mit Iris Berben, Murathan Muslu u. a. Nach dem Roman *Ein Schlag ins Gesicht* von Franz Dobler.

Hall, Stuart: Vertrauter Fremder. Ein Leben zwischen zwei Inseln. Hamburg, 2020

Heinikel, Rosemarie: Rosy Rosy. Frankfurt, 1971

Klüger, Ruth: weiter leben. Eine Jugend. Göttingen, 1992

Kolhatkar, Sheelah: How an adoption broker cashed in on prospective parents' dreams. In: New Yorker, 18.10.2021

Lind, Hera: Kuckucksnest. München, 2016

Lutz, Christiane: Adoptivkinder fordern uns heraus. Handbuch für Beratung, Betreuung und Therapie. Stuttgart, 2014

Middlebrook, Diane W.: Er war eine Frau. Das Doppelleben des Jazzmusikers Billy Tipton. München, 1999

Murgia, Michela: Accabadora. München, 2011

No New York: LP, Antilles Rec., 1978

Sanyal, Mithu: Identitti. Berlin, 2021

Sichtermann, Barbara/Leggewie, Claus: Das Wunschkind. Adoption und die Familie von heute. München, 2003

Simon, Violetta: Flamingos. In: Süddeutsche Zeitung, 10.8.2022

Swientek, Christine: »Ich habe mein Kind fortgegeben«. Die dunkle Seite der Adoption. Reinbek, 1982

Tuschick, Jamal (Hrsg.): Morgen Land. Frankfurt, 2000
Wawerzinek, Peter: Rabenliebe. Berlin/Köln, 2010

DANKSAGUNGEN

Der Autor bedankt sich für jede Art von Begleitung, Beratung und Unterstützung bei

Friedrich Ani, Augsburger Flüchtlingsrat, Iris Berben, Klaus Bittermann, Simone Buchholz, Natalie Buchholz, Das Hobos, Hubl Greiner, Nina Grosse, Jürgen Jankowitsch, Ruth Oppl, Wolfgang Petters, Bettina Rubow, Pascale Schmidt, Kristof Schreuf (†) und Benjamin Mildner für Korrektur sowie Tom Kraushaar und allen bei Klett-Cotta-Tropen

und besonders bei Tom Müller für Lektorat und Gesamtleitung.